PÉS
DESCALÇOS

PÉS
DESCALÇOS

PENÉLOPE MARTINS

ILUSTRAÇÕES DE
BÁRBARA QUINTINO

Editora
do Brasil 80 anos

© Editora do Brasil S.A., 2023
Todos os direitos reservados

Texto © Penélope Martins
Ilustrações © Bárbara Quintino

Direção-geral: Paulo Serino de Souza

Direção editorial: Felipe Ramos Poletti
Gerência editorial: Gilsandro Vieira Sales
Edição: Aline Sá Martins e Suria Scapin
Apoio editorial: Juliana Elpidio e Maria Carolina Rodrigues
Edição de arte: Daniela Capezzuti
Capa e design gráfico: Raquel Matsushita
Diagramação: Entrelinha Design
Supervisão de revisão: Elaine Silva
Revisão: Alexander Barutti, Andréia Andrade e Júlia Castello Branco
Supervisão de controle e planejamento editorial: Roseli Said

Dados Internacionais de Catalogação na Publicação (CIP)
(Câmara Brasileira do Livro, SP, Brasil)

Martins, Penélope
    Pés descalços / Penélope Martins; ilustrações de Bárbara
Quintino. – 1. ed. – São Paulo: Editora do Brasil, 2023. – (Farol)

    ISBN 978-85-10-09029-2

    1. Literatura infantojuvenil I. Quintino, Bárbara.
II. Título. III. Série.

23-154621   CDD-028.5

              Índices para catálogo sistemático:
              1. Literatura infantil 028.5
              2. Literatura infantojuvenil 028.5
              Cibele Maria Dias - Bibliotecária - CRB-8/9427

1ª edição / 1ª impressão, 2023
Impresso na Pifferprint

Rua Conselheiro Nébias, 887
São Paulo, SP – CEP: 01203-001
Fone: +55 11 3226-0211
www.editoradobrasil.com.br

Respeite o direito autoral.

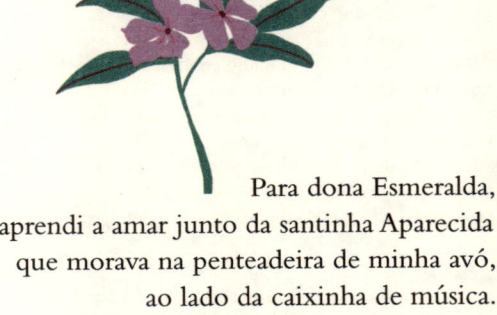

Para dona Esmeralda,
sábia mulher que aprendi a amar junto da santinha Aparecida
que morava na penteadeira de minha avó,
ao lado da caixinha de música.
Para as pessoas que rezam por outras pessoas,
muitas das quais tenho a sorte de conhecer,
gente que chora lágrimas de amor, trazendo no brilho dos olhos
aquilo que seus corações carregam de mais precioso.

Algumas dessas histórias eu gostaria que minha filha soubesse,
também minha irmã, que é muito mais jovem do que eu,
e não foi benzida com ramos de arruda
na escada caiada daquela casa, no alto da ladeira.

Aqui faço minha oferenda a todas as mulheres, porque elas são a
própria representação da coragem e da fé no ser humano.

"MINHA SENHORA, ONDE É QUE VOCÊ MORA?
VOU FAZER MINHA MORADA NA BEIRA DO MORRO,
É LÁ, É LÁ, É LÁ, MINHA MORADA É LÁ."

CANTIGA POPULAR DE AUTORIA DESCONHECIDA.

ÁGUA DE MARCELA

MACELA. MARCELA. MARCELA-DO-CAMPO. *ACHYROCLINE SATUREIOIDES*. SOY LATINO-AMERICANA, DIZ ESSA DANADINHA. SUAS FLORES SÃO UM ENCANTO, PARECEM POMPONS AMARELINHOS. INDICADA PARA TRATAR PROCESSOS INFLAMATÓRIOS, MÁ DIGESTÃO, E PODE SERVIR COMO CALMANTE. JULI ADORA DORMIR EM TRAVESSEIRO RECHEADO COM FLORES DE MACELA, SEGUNDO MINHA AVÓ.

CAPÍTULO 1

C alça esses sapatos que eu comprei para a senhora. Com essa chuva, é capaz que apanhe um resfriado ou algo pior.

— Deixe assim mesmo, minha filha.

Caminhava pela capoeira catando ervas com uma das mãos, depositando naquela velha bacia de alumínio areada como espelho. Tudo seu era lembrança caprichosa de algum lugar.

— É assim que é, vó só sabe andar descalça. Por que essa teimosia, dona Esmeralda?

— Teimosia, minha neta, é coisa que me fez ficar viva até aqui.

— Mas andar descalça, o que isso tem a ver com sua sobrevivência, posso saber, minha avó? — emendava, repetindo o jeito carinhoso que ela tinha de me dizer as coisas, seu jeito de ser avó.

— A cada passo que dou nessa terra, sinto vibrar a força de tudo que é vivo. Meus antepassados estão enterrados nesse chão. Minha mãe soube fazer esse aterro, enterrou meu cordão, e foi assim que virei umbigo de semente, plantada nesse lugar igualzinho juá, andiroba, ipê-da-várzea. Os meus pés se grudaram na terra para que eu nunca me esquecesse de onde vim e para onde irei.

Abaixei a cabeça para olhar os troncos fincados no chão, procurar o fundo da terra.

— As plantas vistosas de folha e de flor têm nas raízes forças profundas. A beleza delas precisa é do que não aparece. Até a água que refresca nossa testa e mata nossa sede corre por baixo da gente. E as montanhas de pedras, aquelas mais gigantes, menina, nossos olhos se espantariam ao ver a vida toda de caminhada que elas percorrem até o miolo do mundo.

Era curioso como eu sentia uma mistura de alegria e tristeza com a sabedoria da minha avó. Ela misturava passado, presente e futuro, dissolvendo em mim as incertezas. Suas palavras vinham de longe, lugar memorial, mas traziam movimento constante como brincadeira de criança. Minha cabeça rodava no embalo macio do fio de suas histórias, feito pião, levantando poeira ao redor da bola de fogo amarela erguida no céu, sol que era vida, que trazia calor, e as plantas pareciam crescer no quintal também à procura de sua luz.

Os dizeres que saíam de sua boca tinham ritmo de cantiga. Enquanto falava, entre os dedos de seus pés se depositavam pequenos grãos de terra, e eu podia saborear sua dança mágica sobre as folhas da grama amendoim estendida em tapete na frente da casa pequena.

Esmeralda era nome tão verde quanto o seu jardim. Na escadinha caiada, as touceiras de arruda floresciam coroas amarelas que tornavam minha avó rainha. E o perfume que vinha dela era de chá, banho de pétalas, alfazema. Eu levava comigo um caderninho para procurar mais detalhes sobre todos os nossos assuntos depois. Anotava tudo; eu não poderia me esquecer dos pequenos detalhes, principalmente porque o tempo que tínhamos era menor do que as perguntas que eu gostaria de fazer.

— Adoro observar as flores amarelas, ouro nascendo entre os ramos. É tão bonito, menina, parece que foi preparado um banquete só para as abelhas se refestelarem. Elas que tanto de trabalho teimam, não é mesmo?

— Eu poderia chamar a senhora de abelha, vó. Abelha-rainha. Se eu pudesse, cobriria a senhora com ouro de verdade...

— Cê me dá o maior dos tesouros, minha Marcela.

— E qual é o maior dos tesouros, minha Esmeralda?

— Adivinha, fulô.

— Amor?

— Ah, isso é bom, verdade, coisa bonita que é o amor. Mas tem uma coisa tão preciosa quanto, bálsamo de fazer passar dor, esquecer raiva e deixar esse amor crescer, criar raízes que nem das plantas, água subterrânea, rocha. Sabe o que é?

— Só muito tempo faz essas coisas, vó.

— Maravilha! O tempo que a menina me dá junto do meu tempo. Fiquei até mais moleca nessa convivência! Percebe?

— O tempo ao lado da senhora é um feitiço. Não percebo o passar dos dias, tudo vira uma coisa só, parece que sempre estive por aqui, ouvindo suas histórias.

— E esteve. Dentro do meu coração eu carrego todas as sementes e as flores do meu jardim. Você, sua mãe e sua tia cercadas de crianças que vi nascer, crescer, dar os primeiros passos, estão sempre comigo. Mojuba! Nossas conversas não acabam, nossos encontros são eternos, minha neta. Sem esquecer que a Mãe, Senhora Nossa, e todos os santinhos e aquela pedra que assentei no meu altar moram com vocês no meu peito.

Muita coisa eu não compreendia, embora achasse bonito. Eu me sentia apaixonada com a simplicidade daquela mulher, aprendia escutando o que vinha dela. Tinha pouco a falar, na maioria das vezes, durante nossas conversas. Mas, observando meu olhar atento e os escritos no meu caderno, ela sabia que meu silêncio pilava cada sílaba dita por ela, fortalecendo meu "tutano". Tutano era a palavra que ela usava quando tocava com a ponta dos dedos a minha testa, elogiando a inteligência. Tinha chegado havia dois meses apenas, e os

meus aprendizados ao lado de minha avó se tornavam cada vez mais intensos.

Dona Esmeralda sabia fazer remédio para tudo. A vizinhança batia à sua porta, em busca de algum aconselhamento, um chá para dor no corpo ou na alma. Era gente velha, era gente jovem, todo tipo de questão para resolver. Ela escutava os queixumes por horas e testava a minha pouca paciência como ouvinte daquelas lamúrias sem fim.

— Quanto reclamam as pessoas! Não sei como a senhora aguenta tanto chororô, pedem reza para coisa que nem sei! Acho que eu não teria essa paciência de vó.

— De tudo se tira algum proveito. Olha aí a menina pensando que não deve se botar no aperreio — disse e fez um beicinho para brincar comigo.

No mesmo instante que eu ri e me fechei.

— Eu não reclamo de quase nada. Desperdício reclamar daquilo que já foi, coisas que não tem como mudar. Não acha?

— A menina é perfeição, desse jeitinho. Desfaz logo essa cara amassada de amontoado de boldo, filha! Não amarga, não.

Era comum fazer riso. A gente se enredava em conversas longas, revelando segredos, virando a vida do avesso, terminando um assunto enlaçado no outro. E ríamos juntas, ainda que as lágrimas aparecessem no caminho. Um de seus poderes de bruxa era tornar a vida leve.

Enquanto conversávamos, eu ajudava no que podia, tratava de buscar água fresca, encher as moringas da casa, como já tinha observado que era de seu costume, ou inventar de colher laranjas, tangerinas, amoras, pitangas, jabuticabas que bamboleavam naquela única e mesma bacia que a vó dizia ter servido para o nobre ofício de me banhar pela primeira vez.

— Você tinha tamanho de fruta, bichinha, tão arroseada nas bochechas, chegava a luzir. O corpinho miúdo, estirado como louva-a-deus, era assim mesmo – e fez o gesto de erguer o dedo mindinho para medir a espessura dos meus braços e pernas.

– Pode me chamar de grilo do jardim, vó, a senhora fala tão bonito que tudo vira poesia. Sabe, por vezes, enquanto falamos, eu recordo os longos poemas que conheci na escola. Alguns bem longos, cheios de rimas. Outros curtinhos, mas tão fundos que a gente chega a pensar que nunca terão fim no labirinto do pensamento. Tenho a impressão que seus dizeres são costurados com palavras de poetas. Dá vontade de escrever tudinho no meu caderno.

– A menina é que deve ser poeta para falar desse jeito. Orgulho de vó. Eu mesma, sei não, minha conversa se tem som bonito é do amparo na reconhecência, sabe? Eu observo a vida em volta, uso as plantas e os bichos para entender essa vida. Fico aqui, remexendo as letras do *abecê* na cabeça para dar conta de descrever esse luxo que a natureza determina ao meu redor. Repare no alto o céu, estão pipocando nuvens. Essas danadinhas parecem vento, mas são rio. Quem poderia imaginar essa façanha de levar água na peneira sobre nossas cabeças, né não? Puro milagre. Olha aquela ali, parece uma mão estendida querendo vestir o anel. Espia – disse ao apontar para o céu – que vai logo desmanchar. Consegue ver?

– Onde isso? Não vejo nada de anel, muito menos de mão.

– Deixa pra lá, essa já se foi. Outras virão. Um dia você vai desenhar com as nuvens igual sua avó. Mas precisa ficar mais tempo na leseira, olhando o nada ao seu redor pra ganhar esse diplomamento, viu? Já fez bem ter largado aquela sua televisãozinha de endoidar.

– Celular, dona Esmeralda, é assim que se chama.

E ri, brincando de atiçar, coisa que ela fazia bem e gostava.

– Célula eu conheço, não é aquilo não. Célula é um enredo tão pitico que os olhos não enxergam, mas carrega mãozinha atada em outra, miúdas, e no passo a passo se fazem corpo, ficam enormes. Eu que não sou boba nem nada, por vezes de imaginação, viajo, vendo nos fundilhos das células, até os cabelinhos das pestanas.

— Então me diga, tem alguma serventia essa ciência fantástica de imaginar, vó, buscando até os miolos das células?

— Ô se tem, pra tudo e nada. Eu continuo aqui, feita dessas miudezas menores que pernas de formiga, mas, pelo menos, aprendo que não sou melhor nem pior do que ninguém. É justamente por causa dessa pequenez toda que invento palavras para dizer o que penso, sinto.

— Poesia ou filosofia, eu poderia escrever um livro com tudo o que a senhora diz.

— Nome pomposo, filosofia, Marcela. Gosto do som dessa palavra, tem uma conversa nela, sabe?

— Não deixa de ser isso mesmo, uma conversa demorada sobre a vida, vó, um infinito de porquês de tudo que interessa saber e acaba por levar a gente a um monte de outros porquês de coisas que nem imaginávamos existir.

— Compreendo, demais. A minha filosofia é andar com os pés em contato direto com o chão, e posso afirmar que isso me dá motivo de sobra para levantar todo dia da cama, querendo pisar e sentir a vida remexendo suas lutas constantes.

— Qual o mistério desta vida, hein, dona Esmeralda?

— Vai saber... Cada pergunta que a menina faz. Deve ser essa tal filosofia agindo no seu tutano! — E deu uma gargalhada erguendo as mãos aos céus. — Mistério chama mistério porque não é explicado, perde a graça se tiver única resposta. O que os pés sentem na terra é que não cabe desistir por não saber. A vida não desiste, minha filha. A vida teima. A vida carrega mais de mil vezes o próprio peso. Nas sutilezas, a vida amacia o que é duro, faz diamante do que poderia virar pó. Sua avó é assim, parece mansa quando é tinhosa. Água mole em pedra dura. Daqui prali, no miudinho.

— Se a senhora é água mole, eu sou o quê?

— Você vai descobrir, menina. Só você mesma vai poder responder esse tipo de mistério.

Estava explicado o motivo de eu não conseguir ir-me embora para a cidade.

Também tinha aquela outra coisa. Eu não encontraria meus pais em casa, nenhum dos dois. As caixas de fotografias ficariam cutucando minhas lágrimas e as paredes rangeriam nas madrugadas. Eu estava só. Minha tia Aurora me esperava para que fosse viver junto dela e meus primos. Eu sabia que ela tinha mais do que boa vontade para me acolher, e nos dávamos bem. A pouca idade ainda não me permitiria morar sozinha, e o apartamento da minha família ficaria destinado à decisão futura, quando eu completasse 18 anos. Talvez eu pudesse ficar na roça, quieta de mim e do mundo, estudar por ali mesmo. O tempo passava, uma hora eu teria que tomar um rumo na vida. Esmeralda tinha razão em dizer que o tempo era o nosso bem mais precioso. Minha avó também não viveria para sempre, eu sabia disso de um jeito doído, órfã de pai e mãe. Não adiantava atrasar o relógio, o tempo não esperava infinito e o acaso era forte em suas decisões.

Outros acontecimentos me fizeram multiplicar mais desse tempo, ao lado de dona Esmeralda. No comecinho do mês de dezembro, enquanto ela preparava uns festejos para Nossa Senhora da Conceição, seu barracão foi invadido, transformaram as imagens de gesso em milhares de cacos. Sobrou apenas a pombinha do divino Espírito Santo, feita de madeira, pendurada mais ao alto, além das gamelas ajustadas ao altar para servir de bandeja, com flores e frutas, como era de sua tradição. Nem vela ficou para contar história, foram cortadas no facão. Todos aqueles anos curando quebranto não serviram de proteção para afastar o vandalismo e a violência da casa de benzeção de minha avó. Resolvi ficar de guarda, com cara de poucos amigos; era assim que minha mãe me chamava quando eu botava tromba. De fato, até ali, eu preferia amar os bichos que os ditos humanos, com suas crenças capazes de destruir o que viam e o que não viam em poucos segundos.

A minha indignação parecia não encontrar ressonância na vó. Ela seguia com os afazeres, arrumava o caminho, reconstruía, plantava macelas em um dos canteiros, completamente pisoteado pelos vândalos. A delicadeza brotava de suas mãos calosas.

— Tome aqui um punhado de fulô-de-você, flor-de-marcela.

— Tão engraçada a senhora.

— Não sabe que seu nome é flor de sarar os males do mundo? Quando sua mãe estava emprenhada de tu, vi no meu sonho um campo florido de macela e muitas crianças correndo, todas cheias de alegria e saúde. Foi daí que entendi sua urgência, menina, e amansei minhas mágoas. Acordei naquele dia e plantei macelas em todo canto. Por isso, nunca falta.

— Essa mágoa da senhora, era com meu pai ou com dona Graça, sua filha?

— Nem um nem outro. Era de minha cisma com as artimanhas do destino.

— Destino não existe.

— Como pode ter certeza, menina? Outro mistério, fulô. E mistério não tem certeza alguma, já não disse? O que me importa é que você veio, cheia de coragem para curar, e eu vou ficar aqui amarradinha em tu por dias, quero mais nada, tô feito criança com doce a me lambuzar na gostosura.

— Se meu poder é tão grande, vó, tão cheio de mandinga, então explica eu não ter mais o pai e a mãe, eu assim, sozinha no mundo?

— Sei que isso te machuca por dentro, Marcela. É duro sangrar o coração quando se é ainda menina. Se eu pudesse, tirava de você todo mal. Queria poder te dar reza para curar de uma vez essa dor. De novo, o tempo. Melhor do que o tempo não posso. Mas, escuta, sozinha a menina não está nem ficará.

— Desculpa, vó. Devo ter dito de um jeito ruim demais, e a senhora não tem nada com isso. Quando me acalmo, consigo um tipo de paz e penso que os dois dormiram para sempre e só. Nessa hora, bate o arrependimento, não fui capaz de perdoar algumas coisas, fazer as pazes...

— Deixa de bobice. Seus pais tiveram o melhor de você, inclusive na rebeldia. Quando uma criança da gente se rebela, sabemos que ela terá a força da mãe terra para sobreviver. Isso é bom demais. Tenho certeza de que eles te amaram, e vão continuar te amando, onde estiverem.

Eu tinha um certo vício em dizer a verdade de maneira violenta. Com um safanão eu quebrava o encanto, todos os vasos e todos os santos do altar que minha avó carregava dentro do peito. Será que eu era feita do mesmo material que aquelas mãos que empunhavam facões para quebrar santos e velas no altar?

Um forte amargor aparecia de repente dentro de mim. Boldo, como ela chamava, e decerto ela mesma me diria que o chá da planta tinha mais benefício do que gosto ruim. Ao contrário de mim, quando a tristeza aparecia, os olhos de minha avó se fechavam por instantes em calmaria, nenhuma lágrima corria, apenas suas mãos deslizavam sobre o algodão branco de sua saia, dando sinal de espera pela sabedoria que viria.

Eu esperava suas reações, queria, por vezes, que fossem na mesma medida que eu lançava, só que contra mim. Isso nunca chegava.

— As dores do mundo, menina, são muitas. Felizmente, a grande Mãe corrige o torto com seu dominamento, a terra gira e tudo volta para o lugar exato, mesmo que seja para seu útero.

É coisa incompreensível para quem calça sapatos, Marcela. Você deveria largar de pisar borracha para caminhar comigo de pés descalços. Ia entender um bocado de coisa se fizesse isso. Por enquanto, ferve a água e ponha para descansar essas flores de você dentro da canequinha de louça. Vai dar bom chá. Quando não se sabe a cura exata, chá ajuda. Nossa conversa espera; palavra boa não tem pressa de brotar.

ESTRELA DE SEIS PONTAS

CAMOMILA. *MATRICARIA RECUTITA.* PASME, O PESQUISADOR GREGO HIPÓCRATES JÁ SABIA DELA 500 ANOS A.C. E ASSIM A BICHINHA LIGEIRA DA EUROPA GANHOU O MUNDO, E NÃO HÁ QUEM DESCONHEÇA SEU PODER. É TOMAR E CAIR NA CAMA QUE NEM ANJO POR CIMA DE NUVEM. SANTO REMÉDIO SERVIDO PARA TODA GENTE, DE BEBÊS A MOLEQUES TRAVESSOS, GAROTAS COM VENTANIA NO PEITO, MULHERES, HOMENS, VELHOS E VELHAS.

CAPÍTULO 2

Naquela noite, dormi feito anjo. Eu gostava de pensar nas asas deslizando o céu, os pezinhos pulando nuvens de chuva e algodão. Não acreditava neles, no entanto. Por outro lado, tinha dona Esmeralda ao meu lado, murmurando uma de suas feitiçarias que pediam proteção aos santos e anjos do céu. Sei lá o que minha avó fez para me tirar o peso da cabeça, mas fez. No chá de macela, encontrei um gosto parecido com camomila, cheguei até a pensar que era a mesma plantinha.

Durante o café da manhã, conversei um pouco sobre as propriedades medicinais das florinhas com a dona sabida. Vó Esmeralda foi me explicando tudo, tintim por tintim, naquela doçura de erva-doce que ela trazia em sua voz. Confesso que nunca foi meu forte a biologia, muito menos os estudos botânicos, e eu nem era muito arraigada em leituras técnicas, com nomes cabeludos escritos em língua antiga como latim. Acabei me interessando em saber, e dona Esmeralda até elogiou a função do meu celular: "Cabe uma biblioteca aí dentro, menina".

Latim, quem imaginaria que eu me colocaria a ler e desvendar um bicho desses. Esse foi outro dos milagres de minha avó, iniciei um inventário do quintal de sua casa. Desde os primeiros dias juntas, eu preenchia um caderno com memórias, histórias, cantigas, simpatias, receitas, características de plantas medicinais e seus nomes em latim. Claro que a internet me ajudou um bocado na identificação dos nomes científicos que certificam a existência das ditinhas, *Matricaria recutita*, a camomila, e a outra, flor de mim, *Achyrocline satureioides*, que alguns chamam macela, outros marcela, assim como fui batizada por causa de um sonho de minha avó, que, até pouco tempo, fazia parte do esquecimento da minha própria história.

Conviver com a vó me trazia a herança de saber de mim, da minha mãe e da minha tia, das batalhas da minha família, da elegância da origem de gente que sabe seguir de cabeça erguida.

Apesar de minha pouca habilidade, coloquei a caixa de lápis de cor para trabalhar e passei as manhãs seguintes desenhando as plantinhas, cada uma delas, acocorada nos canteiros com meu caderninho nas mãos. Era preciso registrar a forma. Mais do que isso, eu aprendia a observar. Ao lado das imagens, os escritos depositavam os ensinamentos da velha senhora. A vó me ensinou os particulares de cada uma daquelas ervas, até então desconhecidas por mim.

Não só. O caderninho levava aquela forma de viver de minha avó, com seus dizeres, as frases repetidas de maneiras diferentes, que aconselhavam o amor como alimento para a alma, as cantaroladas que saíam de sua boca enquanto mexia nas panelas ou rezava quebrantos com galhos de arruda, manjericão. Até no levar da vassoura, dona Esmeralda era sabedoria.

O sol queimava naqueles dias. Já começava março e as águas ainda não tinham descido do céu. Durante os estudos, fui para o quintal vestindo meu *jeans* surrado para poder me sentar entre as plantas sem medo de me manchar de terra, sumo de fruta ou seiva de folha. Meus pés fritavam num calor de quarenta graus ou mais. Foi depois de uma pisada na lama que tirei os tênis e andei descalça. Antes que eu chegasse à beira do tanque para lavar os pés e os tênis, resolvi deixar de canto andar calçada... e continuei descalça, seguindo os ensinamentos, os experimentos da vó.

Era estranho ver meus dedos servindo de caminho para as minhocas que brotavam dos buracos entre as raízes. Logo me acostumei com aquela mania, sem vergonha de estar entre elas, como se fôssemos amigas de outros tempos.

— É incrível como tem bicho por aqui, vó. Minhocas, joaninhas, grilos, lacraias e esses caramujos que atravessam o jardim com suas casinhas nas costas.

— Onde há saúde a vida brota em diferentes formas, menina. Bota reparo nesses serzinhos. Eles conversam o tempo todo e se ajeitam, cada qual ao seu modo. O grilo não obriga a lesma a pular, nem a joaninha faz pouco de minhoca não ter asas.

— Pura verdade. Devem se entender muito bem.

— Somos duas malucas, minha neta, olhando para o chão com essa precisão toda de saber o que se passa na cabeça das minhocas. "Olha elas, mas que duas esquisitas", devem pensar essas compridinhas.

— Eu queria ser minhoca por um dia, só para olhar por debaixo de tudo isso.

— Nem precisa. Fecha os olhos e vai com elas pelo túnel do tempo.

— Minha imaginação não é fértil assim, não, vó.

— Eita, então vou precisar botar minhoca na sua cabeça, Marcela. Elas são boas para fertilizar. Mas sossega que eu não boto muita minhoca, não. — E riu, e ria ainda quando chegava a noite lembrando as nossas "bestagens", era assim que ela dizia.

Ainda criança, cansei de escutar meu pai dizer à minha mãe que a vó não batia bem do juízo, "cheia de minhoca na cabeça". Minha mãe ria, meio sem jeito, meio concordando com ele. Eu ficava só pensando o que significava não bater bem do juízo, uma vez que os dois, a cada aventura de minha meninice, repetiam: "Cria juízo, filha, deixa de tontice com brincadeira". Devia ser bom não ter que criar uma coisa feita para tirar da gente as melhores alegrias.

Lembrava do meu pai me carregando na cacunda. O perfume dele era de sal, suado depois de trabalhar o dia todo em ricos edifícios que não nos convidariam para visitar depois que a construção terminasse. Eu podia sentir a felicidade daquelas recordações, embora ele fosse um homem de pouca conversa. Ao menos naquele tempo. Minha mãe sabia se virar de muitas maneiras. Ela me vestia com vestidos da vizinhança, mas dava jeito de arranjar as mangas e o comprimento, bordava desenhos de casinhas, cerquinhas, carneiros que pareciam as nuvens do céu da casa da minha avó. Eu me lembrava das vezes que visitamos a vó e que ela fazia bala derretendo açúcar com capim-limão.

Pensava nos meus pais querendo entender por onde que a dor entrou em nossas vidas e se instalou sem jeito de sair. Era fácil supor que meu pai fosse um copo transbordado, alguém, como muitos, fadado aos destinos mais tristes da fome, do pouco ou quase nada. Dava pena, agora que ele não existia mais, pensar que sua natureza o transformou para ser igual ao monstro que o comia por dentro.

Deixei de visitar a vó antes de aprender qualquer história. Minha mãe não falava nada sobre a mãe dela e proibia minha tia de passar muito tempo comigo quando eu era criança. Já adolescente, escapei várias vezes para visitar a tia, entrando e saindo escondida para não ser vista pelo pai. Agora, cercada pelos cuidados de minha avó, eu poderia descobrir muitas histórias de família que me ajudariam a entender tantas coisas.

Fiquei tonta por volta das onze horas e acho que desmaiei, ou quase. Minha avó não teria conseguido me carregar nos braços. Devo ter caminhado com o amparo dela, estávamos sozinhas, afinal. Só sei que acordei na salinha dos santos, estatelada com o brilho intenso de uma estrela de seis pontas feita com metal prateado, que refletia a luz da janela.

— O que é isso, vó?

—Você abusou do calor, menina. Tá acostumada a ficar só em teto de casa de alvenaria, dá nisso.

Nem devolvi o acerto da vó. Eu era um bicho de cimento, azulejo, porta trancada, e ela estava certa quanto a isso. Cresci numa cidade concretada, onde todo mundo tem medo de tudo o tempo todo.

Meu dedo apontou a estrela de seis pontas. Ela desatou a contar história para me manter caladinha no descanso, coisa que fazia muito bem.

— A senhorinha sabe de onde vem essa estrela? Isso é coisa antiga, menina, presente de minha comadre Ester.

— Nunca conheci uma Ester. É um nome bonito. O que será que significa, vó? Será nome de estrela ou de planta?

— É nome de rainha, filha. A comadre me contou que significa "o que está escondido". E essa estrela não me lembra outra coisa, porque ela me foi ofertada depois de um benzimento complicado que dei no netinho de Ester, pequeno Davi, e as coisas escondidas se revelaram para sarar o pobrezinho. O menino sofria de bucho virado, sabe?

— A senhora sabe que não acredito em nada disso. Não vou mentir pra senhora...

— A ciência já deu conta de dizer que eu não faço bobageira, menina, tome tento. Meus benzimentos não subestimam os conhecimentos dos médicos e farmacêuticos.

— Desculpa, vó, não quis desrespeitar, é que essa conversa de benzer bucho virado, sabe, tem médico e medicina para tratar as doenças por quê?

Ela nem deu conta de meu questionamento, seguiu.

— Medi as pernas do pitico, tinha bem um palmo na diferença. Fiz tudo que eu sabia de ajuda e rezei com fé.

— Reza não cura doença nenhuma, era o caso de procurar um especialista e não vir bater na sua porta.

— Cê acha mesmo que a família do menino não tinha doutor? Deixe de deboche que a vida não é essa teclinha que você aperta no seu televisor de célula murcha! O que não falta na família de Ester é doutor, doutora, de tudo quanto é jeito. Oxe, e logo eu, que nunca fui contra o saber da medicina. Se o bicho gente tem inteligência para saber das coisas, por qual motivo eu recusaria suas benesses? Quem nega a ciência, filha, nega a própria inteligência, e esse tino eu tenho de sobra. Tenho fé, sim, mas uma coisa não impede a outra. A ciência faz o que sabe e pode, a gente reza para que o mistério ilumine o caminho da razão ou dê conta daquilo que a razão desconhece. Se fosse ficar só no penso de matutar, a gente não precisaria sentir tanta coisa. Fé é coragem, força e vontade de viver, sabidinha. Você também sente essa gana, só não dá o mesmo nome que eu.

— Fé? Acho que nunca senti nem sei o que é.

— Quando desmaiou no quintal, molhei seus pulsos para te animar. Você olhou sem me ver, chamando sua mãe. Estavam lá sua fé, sua crença, sua vontade de sair da escuridão. Foi assim que você veio, caminhando, ouvindo a voz da sua mãe, dentro da sua cabeça. Minhas mãos guiaram seus passos, mas eu era menor do que sua motivação de fé, força que não se explica.

Fiquei atônita com minha avó falando dos meus devaneios. Minha mãe tinha morrido havia poucos meses, obedeceu ao meu pai se recusando justamente a respeitar a ciência. Foi levada pela mesma doença que abateu meu pai poucos dias antes. Eu, por sorte ou azar, fiquei viva. Mas vi coisa que filha nenhuma quer ver, seus pais minguando hora após hora. Cuidei dos dois como podia. Implorei para me deixarem chamar a ambulância. Que nada. Quando o médico chegou, era tarde, explicou que eu era assintomática à doença e que os dois estavam com complicações severas para ter melhora. "Só um milagre", ele disse. Coisa que a ciência não explica, não vai a religião me dizer que sabe. Tornei o assunto "Deus" caso encerrado na minha vida. Deus? Se bom e piedoso ele fosse, não tiraria pai e mãe de uma só vez de ninguém. E um Deus que não ajuda nem quem diz que acredita nele?

Na casa vazia, perambulei. "O que você faria se só te restasse esse dia?" era a frase do calendário pendurado na porta. Pensei nos sermões do meu pai anunciando o pecado, cobrindo com o véu da vergonha a cabeça das mulheres. Não restava mais nada ali. Nem as lágrimas eu tinha.

— Lá no meio do quintal, junto das espadas-de-são-jorge, tenho um pé de Ester. Presente mais bonito, vivinha até hoje, dando de ser minha estrelinha da manhã.

— A senhora dá nome de gente para as plantas, nome de planta para as gentes. Isso é engraçado.

— A gente é meio bicho, meio planta, menina. Preste atenção nisto: o medo é coisa de bicho, a persistência é nosso lado semente.

— Dona Esmeralda, quero aprender esse jeito de ver a vida, viu? Por que foi dizer estrela da manhã? Conta essa história também?

— Chamam de murta, eu batizei Ester. Mais bonito. E foi presente dela, uma muda de murta que já veio cheia de flor, um bocado de estrelinhas bebendo do sol entre os ramos. Eu chamei de estrela da manhã, Ester gostou. "Pronto, agora Ester vai ser chamada de Estrela, por causa da flor dessa arvrinha, e as flores eu vou chamar ao contrário, serão Esterzinhas, para lembrar da amiga", foi o que eu disse. Ela achou tanta graça, riu por dentro, eu podia ver no espichar das sobrancelhas segurando as aguinhas da felicidade no cantinho dos olhos. Minha amiga sofria de um mal muito comum às mulheres de sua idade e da minha, alegria escondida, a boca amarrada que não se abria em sorrisos largos, gargalhadas nem pensar.

— Era mais velha que a senhora?

— Pra lá de uns 20 anos ou mais. Essas coisas ela não me contava. Veio para o Brasil fugindo de atropelos do sujeito tirano que andou mandando a morte reinar lá naquele primeiro país dela. Marcela deve ter aprendido desses acontecimentos na escola.

— Primeiro país, vó, a gente só tem um país. Ela veio morar aqui, mas a terra dela era a do nascimento. Ester era alemã?

— Era, mas virou brasileira. Uma judia que vinha se benzer aqui com sua avó. A coisa é assim, filha. A gente não é uma coisa só para sempre. Veja as plantas, não só as mudas a gente leva para outro lugar, tem vez que é das graúdas, troncos feitos e raízes profundas tiradas de um solo ao outro. Já vi com meus próprios olhos fazerem isso, uma trabalheira... Nascemos onde nascemos, crescemos onde podemos, e vivemos de andanças.

Crescemos onde podemos. Fazia sentido. Lembrava eu criança, debruçada na janelinha do quarto, enquanto minha mãe tentava dar consolo para uma dor sem jeito de consertar. Comecei a chorar logo quando soube da notícia, e pior ficou quando fincaram o trator na velha casa da nossa rua, ao lado do prédio moderno. Iam erguer mais um caixote de muitos andares, meu pai dizia que aquilo se chamava progresso. Para mim era a morte. Os tratores cavavam uma cova funda, enterraram a casa mais bonita da rua (ainda que os outros dissessem que era velha, que não servia para nada). As paredes descascadas com plantinhas brotando entre os tijolos, nos batentes; a formosa árvore com braços fortes para segurar o balanço onde eu brincava de voar.

Quando dona Arminda morreu, seus filhos venderam a casa. Pareciam felizes, aliviados. "O terreno dá prédio alto", escutei um deles dizer, "boa poupança", respondeu meu pai para todos eles. Eu pouco via os filhos de dona Arminda aos domingos, muito menos na semana. Eles quase nunca apareciam para visitá-la. Ia a nora mais nova levar compras de mercado, era simpática até, mas ficava pouco. Maricota vinha duas vezes por semana, limpava a casa e me deixava ajudar no quintal. Minha ajuda era ficar no terreiro, ouvindo histórias, conversando com dona Arminda.

Eu gostava demais desses dias. Tinha uma luzinha sempre acesa em cima da porta da casa, onde morava a estátua daquela mulher bem-vestida, coroa de ouro e criancinha no braço. Toda vez que eu brincava no balanço, podia sentir os olhos da santa me vigiando. Eu não sabia qual era o nome dela nem o porquê de ela estar ali, na casinha em cima da porta de dona Arminda. Oratório, santa, criancinha de colo, tudo aquilo também tinha virado escombro com a casa, os filhos não levaram nem a santa nem o gato, foi seu João, porteiro do prédio moderno, quem adotou o Fumaça. O nome do gato eu sabia. Dona Arminda fazia bolinhos de chuva, pasteizinhos de banana, tudo para me mimar. As cordas do balanço, os braços da árvore, a lembrança daquela avó emprestada foram caminhando para um buraco do tamanho de minha boca escancarada. Meu pai repetindo "o progresso". Minha mãe só me dizia para calar, chorar baixo, "é vergonha ser escandalosa". Eu crescia como podia, as lágrimas berrando no coração, uma criança sem colo de avó.

— Na cidade tudo vira concreto, vó. Até gente.

— Penso você na cidade grande, minha mudinha, levando sabência e raiz de roça para aquele povo todo que nem em ciência mais acredita.

— Tem razão, dona Esmeralda. Mas para raiz fincar pé é preciso ter terra boa, não é? Aquilo lá não tem nutriente nem pra capim-gordura.

— Tá ficando sabida minha Marcelinha, afiada que só. Mas, espia, terra também se cura. Precisa aprender isso. Pode demorar, mas cura. Pode ser complicado que nem praga de lavoura, mas cura. Coração é que nem. A gente cura. Basta querer.

— Pode ser... Acho que minha fé está testando a força da enxada, vó. — E dei um sorriso para o jeitinho dela me espiando com sua vassoura de palha em punho, varrendo o chão de terra batida da salinha dos santos.

– Sabe o nome de uma santa que tem coroa e leva o Menino Jesus nos braços?

– Pode ser Sant'Ana. Ela é avó dele.

Depois, mirou a estrela de seis pontas e me fez ver:

– Uma ponta mostra o céu, outra aponta a terra. Para crescer, é preciso saber que a nossa altura tem que ser igual a de nossas raízes. O menino Davi, no final das contas, fez as pazes com as raízes dele. Ester foi quem curou de vez o menino contando toda a história dos velhos e das velhas que nasceram, cresceram e morreram muito antes dele. O menino ficava com os olhos estatelados na boca da avó, e eu só dizia para ela contar mais... Lembro cada coisa que aprendi com essa amiga, histórias de rainhas e reis, soube de Salomão e seu amor por justiça. Davi fez as pazes com o interior dele, daquilo cresceu rama forte. Aprendeu com a avó. No colo dela, que nem o Jesus Menino. Sabe que ele nunca mais adoeceu? Ainda hoje me visita. O pé de Ester, minha arvrinha de murta, quando floresce lá no quintal, embaixo do sol quente, faz brilhar as florinhas, idênticas a pontas de estrelas, igual que nem a estrela de Davi. Assim era a avó carregando o neto, o menino espichando pra cima do futuro, o colo da avó dando firmeza da história passada até se encontrarem. A vida é uma boniteza.

– Boniteza suas palavras. Pena eu não poder conhecer sua amiga Ester, dona sabida, minha avó. Bonito saber de Sant'Ana, também.

– Mesmo que você não possa ver as estrelas enquanto o sol brilha, Marcela, elas estão lá, no alto firmamento. Nossas avós e avôs. Que nem as raízes que você não vê, mas sabe que sem elas árvore nenhuma fica em pé. Nem tudo a gente precisa enxergar para saber da existência. A origem da vida por vezes é bem escondidinha.

Da murta, aprendi que dava bom chá para curar tosse; além de a florzinha ser mimosa, pequenina e branca igual flor de camomila. Também fucei na televisãozinha celular a história do *Livro de Ester*, seu nome era Hadassa, antes de se casar com um rei persa. Hadassa em hebraico significa "mirta", murta, a estrela da manhã do quintal de minha avó. O nome de Sant'Ana eu descobri que vem do hebraico, "igual que nem Ester", diria a vó, e significa "graça". O que mais eu poderia descobrir sobre as histórias colecionadas pelos dias vividos ali, naquele jardim onde Esmeralda reinava? Anotei no caderninho, desenhei o melhor que pude para reproduzir a beleza daquele encanto e fui seguindo as receitas e as memórias daquela senhora, palavra por palavra. Minha avó coroada, com a menina que eu era em seus braços, como as raízes fortes segurando tronco, copa, flores e os frutos que viriam dessa nossa convivência.

Muitas manhãs seguiram, eu deitada na sombra da murta. Com a barriga para cima, as costas na esteira, via o céu azul contrastando com as pétalas das florinhas. Contei seis pontas em várias delas. Estrela de Davi, as avós dão seus braços para sustentar os netos. Era assim comigo. Eu nunca tinha conhecido uma Ester, não até aquele dia em que desmaiei aos pés da minha avó, chorando saudades das minhas raízes reviradas em meu bucho de criança.

LÍRIOS DE CARPINTEIRO

LÍRIO-DO-BREJO. TAMBÉM CONHECIDO COMO
LÍRIO-DE-SÃO-JOSÉ OU LÍRIO-DE-OXUM,
A DEPENDER DA FÉ DE QUEM COLHE. *HEDYCHUOM
CORONARIUM.* DA ÁSIA PARA O BRASIL, FLORESCE
EM MARÇO *NO* CERRADO, NA MATA ATLÂNTICA
TAMBÉM DÁ AOS MONTES. COISA BONITA
PENSAR QUE *VEIO* DE TÃO LONGE,
TRAVESSIA OCEÂNICA. QUE CHEIRO
BOM ELE TEM.

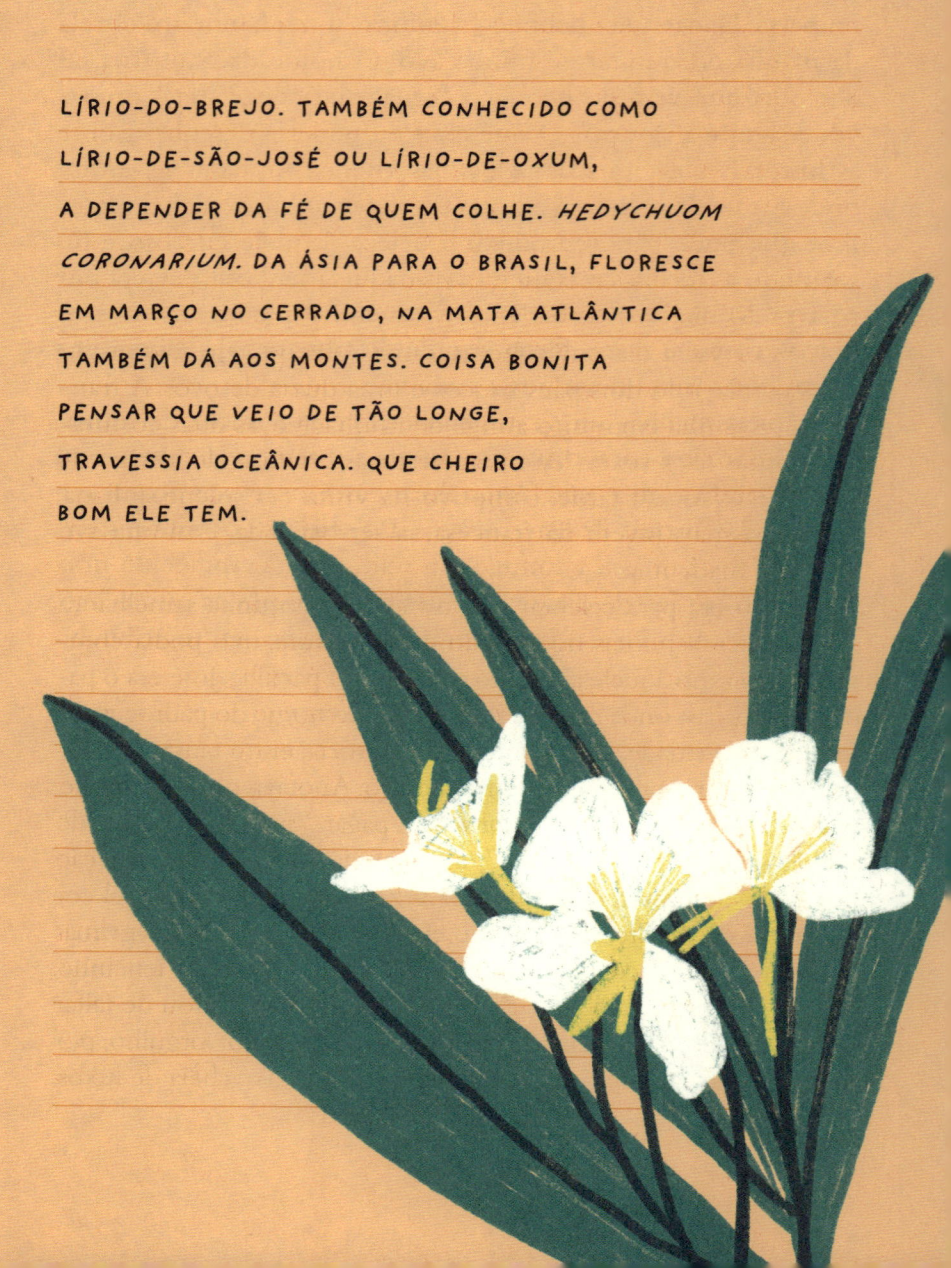

CAPÍTULO 3

or volta das cinco horas, dona Yolande veio nos visitar trazendo dois pães frescos e uma dúzia de ovos. A francesinha era muito amiga de minha avó, as duas costuravam juntas toda sexta-feira para vestir as crianças do abrigo de São José. Naquela tarde, o motivo da visita era solene. Juliana, a netinha mais jovem da francesa, ia ser batizada, e minha avó seria sua madrinha.

O pão era para celebrar o batismo. Eu não tinha semelhança com as duas senhoras no sagrado dessa mistura, mas podia compreender como aquele alimento simbolizava partilha. José era o padeiro do bairro onde cresci. Tinha o mesmo nome do padroeiro da minha nova cidade, outro nome cuja história, entre tantas, eu poderia descobrir no contar de minha avó. Anotava no caderninho, seu Zé dizia que era para minha mãe pagar "quando der, quando puder, dona Maria da Graça", e eu ouvia isso botando atenção nos olhos de minha mãe, que, por vezes, respingaram o papel cor de canela. Não entendia por que ela chorava. Uma, duas lágrimas rolavam de sua face. Rapidamente, ela secava com um lencinho. Nunca faltou o pão de seu Zé lá em casa. Quando parou de faltar o dinheiro do pão, meu pai mudou de padeiro, por orgulho, por despeito, não sei. Ele ia na padaria chique, brilhosa, cheia de luxos.

Eu e minha mãe continuávamos do mesmo jeito, comendo do pão de seu Zé, com fé nos agradecimentos ao homem que nos confiava o fiado naqueles dias em que as lágrimas de minha mãe eram mais bonitas do que aquele sorriso forçado.

Juliana era uma menina alegre. Tinha olhos grandes, com cílios compridos, e ficava encarando a gente com aquela formosura de menina brilhosa. Parecia uma figurinha premiada, dessas de álbum, emperiquitada de fitas nos cabelos. Sabia muito bem como piscar aquelas pestanas, enfeitiçando nossa atenção. Dávamos tudo a ela: paçoca, bolo de rolo, empadinhas. A danada adorava andar pela cozinha provando tudo. O paladar de cozinheira se acentuava a cada bocado de comida. Entremeava os silêncios com seus palpites certeiros, "amendoim torrado no ponto", ela dizia, "aqui tem coco", afirmava para o doce de compota, "adoro esse toque de cominho", e minha avó acertava ao afirmar que ela seria uma bruxa das panelas. Dona Yolande concordava com a cabeça. Era a avó dela quem ensinava aquilo tudo para a menina.

— Eu que sovei esse pão, Marcela, pode perguntar pra minha avó.

— Eu não sabia que a senhorinha era padeira. — Acariciei sua cabeça e ela me abraçou, cheia de orgulho de si mesma.

— Amanhã é dia de São José, comadre, e Juliana será batizada bem na festa do protetor da família. *Nous sommes heureuses pour elle*, Esmeralda.

— Fala essa língua de vocês de novo, comadre, é tão bonita.

— Nós estamos felizes por ela, foi o que eu disse. A comadre me perdoe, quando estou entusiasmada acabo misturando as línguas.

— E eu não entendi? Só de olhar a cara babona da avó a gente já vê as fuças da bem-aventurança, francesa. Parabéns!

— A senhora nos daria a honra de acompanhar a menina como madrinha de batismo? — convidou Yolande.

— Sim, ela vai dizer que sim, vó — festejou Juli com as mãozinhas lambuzadas de pão e manteiga.

Por um minuto, achei que minha avó recusaria. Espanou a farinha do avental, fez mais um punhadinho de cocada, colocou na terrina para descansar. Eu acompanhava seus movimentos, aguardando a resposta.

— Pode dar confusão com aquele ministro da igreja, minha amiga.

— De jeito nenhum vou aceitar outra pessoa para acender a vela de batismo de minha neta, Esmeralda. Somos amigas, confidentes, a senhora sabe muito bem o que significa essa irmandade. Diz logo que aceita a encomenda.

— Pois bem, eu vou. E seja feita a vontade de Deus.

— No mais, Esmeralda, o dono do dia é carpinteiro, pai sem sobrenome e pai de toda gente. O padre há de se lembrar disso, e vai chegar o dia de sapecar uns bons conselhos no escutador do tal ministro. — Era engraçado dona Yolande falando com a gente, seu sotaque francês nas palavras da roça lembrava os dizeres de minha avó: "somos feitos dos nossos muitos lugares, Marcela".

— Isso bem que é verdade, comadre, isso bem que é verdade.

Não perguntei maiores detalhes. Só escutei a conversa sobre o ministro da igreja e imaginei do que se tratava. Se em dezembro passado, cercada por uns fanáticos, minha avó ficou acuada em sua própria casa, aquilo poderia ter a ver com o ministro. Seria isso? Se fosse, eu não deixaria barato. Eu só imaginava a cena da minha avó trancada em casa, escutando, com o coração partido, os estilhaços em seu barracão, ainda mais para cima da estátua de sua Mãe Grande, amada de sua devoção. Eles gritaram nomes terríveis à exaustão, "velha macumbeira" era o mais comum.

Ainda que a fama de benzedeira lhe rendesse agradecimentos de muitas pessoas, vez por outra alguém apontava o dedo para classificar dona Esmeralda como macumbeira, palavra tomada a dar um ar de maldição para sua religiosidade. Ao contrário do que esperavam dela, a mulher não se escondia, erguida na coluna firme de sempre, usando suas roupinhas de algodão branco, pescoço colorido com guias de contas que eram ostentadas sem o menor constrangimento, ao contrário. A azul-clarinha eu sabia que era de Iemanjá, a preta e branca, dos Pretos velhos. A medalha de Nossa Senhora, com alfinete sempre na blusa, do lado esquerdo, junto do coração.

O medo não era plantado no terreiro de dona Esmeralda. Corajosa, não negava raízes de sua fé, umbanda, candomblé, refogado de crenças em Santa Clara, São Francisco, Maria, São José, Jesus de Nazaré, tambores e cânticos até para os festejos católicos naquele lugar, onde nasceu e se criou. Sem fazer questão de separar com hierarquia os deuses e as deusas, sem ordem de predileção, no seu altar, além da Estrela de Davi, cuja história eu já conhecia, búzios aos pés de um menino metade gente, metade elefante, contavam a passagem de outra amiga de minha vó, uma escritora que teve uns tempos na roça, atrás de conhecer mais sobre o sincretismo praticado por ela naquela casa. Era pesquisadora, escrevia sobre as benzedeiras. No final das contas, não é que minha avó era estudada nos bancos das universidades? Eu gostava de pensar nisso.

Numa caixinha, as runas e as cartas de tarô dividiam o mesmo espaço. A pedra de "responsa", assim chamada por ela, a qualquer hora me diria como chegara até ali, e fazia bonita combinação com a bata branca de Padre Ciço, mais dois anjinhos barrocos enlaçados com fitas do padim. Roído de traças nas primeiras páginas, um charme de renda, o livro inscrito em dourado anunciava os saberes muçulmanos. Era o Alcorão. Repousado sobre ele, um rosário com cruz rústica, esculpida em madeira. São Benedito, ladeado por uma estátua pequenininha de Buda, vivia cercado de moedinhas, e todos se misturavam a mais um monte de outros objetos que não se podiam identificar numa primeira vista. Era preciso dedicar muitas horas de conversa, muitas horas de contemplação.

O tempo era outro aos pés de minha avó.

Padre Antônio, o pároco da igreja de São José, não era só tolerante à presença de minha avó, mas tratava a velha como

a mulher sábia que era, anciã ou guardiã do lugar. Os dois tomavam café juntos depois das missas de domingo, organizavam festas e reuniões para as crianças e os jovens saberem mais sobre os conhecimentos da roça, os plantios e os milagres da terra, como ela costumava dizer. Foi ele quem me batizou, tendo minha tia Aurora como madrinha. Fui vestida de branco, como era o costume, mas a figa e uma guia não me faltaram. A fotografia estava pendurada na parede para comprovar. No mesmo dia, a vó me batizou no terreiro, apaziguando Iansã e Santa Bárbara, uma vela para cada uma, uma oferenda de frutas e flores vermelhas. Vim saber tudo isso nos tempos de convivência junto dela, meus pais garantiram que eu não tivesse tal conhecimento, embora tia Aurora, vez por outra, contasse algumas dessas histórias em nossos encontros às escondidas, pedindo que eu não dissesse nada em casa.

No dia do batismo da menina Juliana, vesti uma túnica branca a pedido de minha avó. A sapeca chamou na porta de casa:

— Dinda Meralda, tem cocada de presente?

Esfomeada, não abocanhou mais cocadas porque respeitava os olhos de minha avó aconselhando espera. Ela nunca reclamava ou repreendia as crianças. Bastava sua presença firme para entenderem o que podia ou não ser feito. No mais, tudo era uma brincadeira.

— Vem cá, menina, vou colocar essa figa na sua roupinha, com permissão de sua avó. É para sua sorte na vida, assim será — eu disse.

Minha avó se surpreendeu com o gesto. Para mim, era recuperar a memória. Além de agradar aquela belezinha, cheia de apetite, festeira que só ela.

Fomos para a igreja as quatro mulheres, ou melhor, nós três e a mulherzinha Juliana, no alto de seus nove aninhos de idade, toda cheia de si com suas sandálias de prata, fitas de cetim para amarrar os cabelos. "Sou uma princesa, Dindinha, uma princesa", repetia aos saltos. Dona Yolande também vestia branco, e a menina um vestido rendado. Minha avó levava nos braços sete lírios-do-brejo, presente para oferecer ao santo aniversariante do dia.

— Lírios-do-brejo, do reino de Oxum, para celebrar São José bendito.

Por conta da chuva, atrasamos o suficiente para chegar com a igreja repleta. Dona Yolande foi à frente seguida pela minha avó e, mal entraram, a voz do ministro ecoou aos berros:

— Aqui nesta igreja só existe espaço para um único deus, e repudiamos a adoração aos falsos deuses. A senhora pode entrar, se tirar esses penduricalhos do pescoço. Isto aqui é solo sagrado, não é terreiro de macumba!

— Como é que ele disse? — perguntei para dona Yolande.

A igreja toda de olho na gente, medindo as reações.

O ministro cuidava do sacramento do batismo e fazia algumas celebrações da palavra na igreja. Nem sempre o padre estava por perto. Quando dei por mim, minha avó pacientemente dava meia-volta enquanto entregava os lírios para a criança e me dizia:

— Marcela, agora você vai me substituir como madrinha.

— Não senhora, vó, eu não quero.

Dona Yolande, calma e assertiva, deu o braço para minha avó e se dirigiu ao homem:

— Esta igreja é de São José, pai sem sobrenome. Esta casa é de um deus menino que nasceu em berço de palha. Esses tijolos foram feitos do barro deste chão, as paredes foram erguidas por povo preto em chão indígena. Aqui cabe toda gente, ministro — disse dona Yolande, com uma determinação intimidadora.

— A senhora está me desafiando? — perguntou o ajudante do padre.

— *Non*, e como poderia? *Monsieur*, eu sou só uma ovelha desse grande rebanho.

— Aquiete, comadre, eu me retiro... Só entro em casa que sou convidada.

— Comadre, o ministro sabe bem que a casa é de Nosso Senhor, somos todos inquilinos — afirmou dona Yolande, sem titubear, e encarou os olhos do homem.

Convencida dos nossos argumentos, dona Esmeralda permaneceu firme. Calada, parecia dizer coisas ainda mais fortes, vestindo sua fé pacificadora e seu propósito.

O homem, retorcendo os olhos, as mãos suadas, insistiu:

— Será que é muito difícil as senhoras respeitarem a casa de Deus? Não precisa entrar aqui usando esses penduricalhos no pescoço, coisa desrespeitosa com Nosso Senhor!

— Juliana — perguntei —, tudo bem se sua dinda entrar para seu batismo?

A menina fez que sim com a cabeça.

— As crianças são puras — encarei o homem, medindo-o de cima a baixo —, o senhor ministro não acha?

— Sim, não foi por acaso que Nosso Senhor disse "vinde a mim as criancinhas".

— Eu sei, meus pais eram evangélicos, repetiam muitos trechos da Bíblia. Apesar de que eu, se pudesse, reduzia aquelas páginas a uma única frase.

— E qual seria, garota? — perguntou o ministro.

— A mais importante de todas, "ame o teu próximo como a ti mesmo" — completou dona Yolande.

Nesse momento, outras pessoas da igreja já vieram cumprimentar minha avó, conduzir a gente para que nos sentássemos. O ministro não teve escolha, seguiu com a celebração. Vermelho de raiva e de vexame. Os outros cordeiros ficaram caladinhos, e o batismo se deu com aquele engasgo. Pelo menos foi assim na minha garganta.

Minha avó parecia inabalável. Eu não entendia...

– Fosse Padre Antônio, a senhora estava no altar cantando uma de suas quadras para saudar São José, minha comadre. Sinto muito por isso – lamentou Yolande, falando baixinho só para nossos ouvidos. – Mas ele vai ficar sabendo de tudo, tim-tim por tim-tim.

– Meu São José se chama Xangô e é rei da justiça, comadre. Não me importo com os julgamentos dos homens. Pode vestir batina, terno, ter diploma na parede, o que for.

Nesse momento, chorei uma lágrima doída, com raiva mesmo. Não queria ter presenciado minha avó sendo tratada daquela maneira desrespeitosa. Ao mesmo tempo, minha revolta se chocava com a postura dela, tranquila nos gestos, na fala. Eu não entendia as coisas daquela maneira, longe dos olhos da vó tinha era rodado meio mundo, gritado, chamado a polícia! Sabia bem o que era ser julgada, meu pai cansava de fazer isso comigo, porque eu dizia não temer a Deus. E eu bem sabia me defender da intolerância religiosa, também. Aquilo não podia ficar barato, de forma alguma.

Minha avó percebeu a inquietação. Colocou a mão sobre minha perna, sussurrou no meu ouvido: "Nossa Mãe Maior corrige o mundo pelo seu dominamento, minha neta, confie, porque sua avó pode parecer boba, mas de boba, a velha não tem nada, não senhora".

Mais tarde, aquilo tudo era passado, e na casa de dona Esmeralda teve tutu de feijão, virado de abóbora, quiabo e um tabuleiro de cocadas que fez Juliana sorrir até a noite. Outras crianças da rua vieram, o filho de seu Januário trouxe até a sanfona, e cantamos.

Os pais de Juliana estavam longe, viajando para a terra da avó deles à procura de emprego. Por conta disso, dona Yolande trazia nos olhos uma tristeza.

– Vão deixar nosso chão, Esmeralda, e eu não me conformo com isso. *Absurde!* Dizem que querem Juliana crescendo com liberdade, que lá é mais seguro. Que jeito. Eu não saio da minha roça, querem ir e é de direito, mas eu fico aqui.

— Se acalme, comadre, logo a vida acha equilíbrio. A mania de grandeza dos homens causa tumultos, arengas, brigas, mas isso também passa, e o chão volta a ser pisado por gente mais acertada no coração. Seu filho e seu genro vão longe no mapa para encarar desafio igual se vê por aqui, pois lá também homem é homem, dono do dinheiro é dono do dinheiro, e quem pensa que tem poder não cansa de dar desgosto. Pode demorar, comadre, mas a chuva grossa vem e lava tudo. Os pais de Juliana vão encontrar o caminho deles, o conhecimento deles, são meninos bons, cheios de tutano.

— *C'est difficile* ter essa tranquilidade, Esmeralda, ainda mais quando vejo por aqui esses desaforos do ministro, o desrespeito com seu barracão, e Padre Antônio, agora mais velho do que nós duas, parece cansado. Qualquer hora chega um padre novo, a gente não sabe como será. Tenho que concordar com os meus meninos, deixar minha neta ir embora com eles, e eu não queria... não queria.

— Sua memória não conhece a história inteira, comadre. Os meus foram aprisionados, castigados, tiveram que deixar de cantar para seus deuses e suas deusas. Chegamos até aqui. Muita coisa mudou. Tenho esperança de que outras mudanças não tardam a chegar.

— E por que será que os homens voltam a ser o mal já superado, comadre? Parece doença. *C'est une tragédie!*

— Isso é conversa para muitos dias, minha irmã, muitos dias. Hoje, não. Hoje é dia de Juliana, dia de alegria, aniversário de São José, vamos dar de comer aos doizinhos, São Cosme e São Damião, para pedir proteção para sua neta e para essa criançada que está se acabando de comer da minha cocada. — E soltou uma gargalhada capaz de quebrar as nuvens cinzentas dos nossos pensamentos.

Uma ciranda e todos cantando, batendo palmas, girando.

Minha avó era grande como a Mãe Grande que ela adorava. Seus poucos recursos financeiros, sua casa de chão batido, seu barracão aniquilado, sua falta de estudo e sua grandeza de rainha para contraste. Eu aprendia observando tudo aquilo, aprendia ouvindo as palavras dela, cantando com ela, pisando ao lado dos seus pés sem sapatos.

Um jarro desbeiçado nos cantos recebeu os lírios-do-brejo e fez a casa resplandecer como um palácio. Num pratinho com uma vela cor-de-rosa acesa ao centro, uma dupla de cocadinhas ofertada para Ibeji. Juliana ainda tentou dar uma mordiscada, mas dona Yolande só fez "xiu" e a menina recolheu os dedinhos atiçados, entendendo que aquelas doçuras não eram para a fome dela. A imagem de São Cosme e São Damião tinha fitinhas de cetim amarradas ao redor, rosas, azuis e brancas, feito a trança da menina Juliana.

Quando a noite chegou, fechamos a porta e fomos nos preparar para o descanso. Ainda dei conta de ajeitar a louça antes de dormir. Estávamos exaustas.

Ouvi um barulho no meio da madrugada, mas não consegui reagir para saber do que se tratava, tamanho era o meu cansaço. Ajeitei o travesseiro e mergulhei em um sonho estranho, em que São José dava cocadas aos gêmeos. Os doizinhos comiam olhando pra gente, eu mais Juliana, e perguntavam se queríamos. Juliana tentada de morder um pedaço e eu rindo alto do apetite da menina, dizendo que deixasse para os meninos.

– Olha lá, Juliana, Ibeji de Vó, é Cosme, é Damião. Os dois são tão bonzinhos, dividem cocada com você, viu?

VENTO QUE ESPALHA DENTE-DE-LEÃO

DENTE-DE-LEÃO. *TARAXACUM OFFICINALE.*
CADA NOME ENGRAÇADINHO ESSA TEM, VOVÔ-CARECA,
O APELIDO MAIS BONITO É "ESPERANÇA",
JUSTAMENTE PORQUE O VENTO SOPRA E ELA PODE
ENTRAR PELAS JANELAS DAS CASAS. QUANDO
SOUBE QUE PODERIA COMÊ-LAS, FIQUEI CHEIA DE
UM ENTUSIASMO INEXPLICÁVEL.

CAPÍTULO 4

Na cidade onde cresci e estudei a vida toda, ninguém dava bola para os dentes-de-leão. Diziam que era mato, coisa assim, sem eira nem beira. Eu sempre simpatizei com aquelas zinhas nos canteiros, chegava a levar apelido de faxineira quando os amigos me viam passar limpando o cantinho das flores do caminho da escola até em casa. Não me custava nada aliviar os danos e eu achava até instrutivo observar que tipo de lixo as pessoas dispensavam entre as flores, com preguiça de seguir menos de oito passos até a próxima lixeira. Verdade seja dita, muitas lixeiras estavam tão depredadas quanto os canteiros, e tudo se misturava na paisagem urbana com o mesmo descaso. Sabe como é a rua, coisa de todo mundo não é de ninguém. Ao menos assim parece. Comigo funcionava diferente, eu olhava atenta para os dentes-de-leão. Esperava sua transformação. Conseguia me ver ali, igualzinha que nem que só, plantada numa cidade que me atirava tampinhas de garrafa, salgadinhos de isopor, propagandas de imóveis mobiliados que eu não teria dinheiro para comprar.

De repente a gente vira um delírio e sai voando feito dente--de-leão. Tinha melancolia de sobra naquela mania de olhar flor qualquer e pensar na vida.

Foi Tininha que me disse que na terra dela dente-de-leão levava o nome de esperança. "As janelas devem ficar abertas para, quando ventar, a esperança entrar", repetia vez por outra. Tininha era filha sem nome do pai. Vivia com a mãe e a avó numa casinha de fundos. Um dia a mãe dela se cansou de pagar tanto aluguel, desesperançou com as patroas da cidade apertando as diárias com quilos de roupa a mais para lavar e passar. Recolheu as tralhas, fechou as janelas e rumou para o norte levando minha melhor amiga. Nunca mais soube delas.

Eu tinha mãe e só o sobrenome do pai na carteira de identidade. Marcela dos Santos. Mas meu pai era o que se podia chamar de quebra-santo depois da tal revelação no culto que fez dele pastor. Deixou a vida de pedreiro e foi se dedicar aos sermões. Estudo tinha pouco, sabia ler, mas não sabia conversar. Decorava os mesmos dizeres bíblicos que os outros pastores da congregação repetiam à exaustão.

Exausta. Eu me sentia exausta na presença do meu pai. Ele apontava o dedo para minha mãe, erguia a voz, determinava o comprimento da saia e dos cabelos. Comigo era pior, trancada no quarto tantas vezes por dizer para ele que não acreditava em um deus que tirava dinheiro de pessoas pobres. Ele enlouquecia.

A vida começou a mudar para o meu pai. Comprou carro, apartamento. Eu não entendia direito, mas desconfiava. Desconfiava principalmente porque era um homem que negava sua história, não falava dos tempos de criança, não dizia nada sobre os pais dele, e maldizia minha avó Esmeralda como se ela fosse a encarnação do mal. Quando eu ousava perguntar qualquer coisa sobre a roça, manifestava vontade de ver dona Esmeralda, minha mãe franzia a testa, encolhia os ombros.

Primeiro, meu pai não era um homem ruim como falam as manchetes dos jornais. Ele seria incapaz de matar, de roubar, de escancarar qualquer tipo de maldade surrando a gente. Ele sabia ser ruim de um modo silencioso, "praga que vai comendo pelas beiradas", como diria Esmeralda. Falava pouco, era mal-humorado e grosseiro. Nunca parecia ser capaz de mais do que isso...

Minha mãe largou os estudos quando engravidou. Nasci na roça, me batizei naquela igreja de São José e no terreiro. Meu pai cuidava de enxada, minha mãe lavava roupa, fazia bordado, coisas de cozinha para arrumar algum dinheiro. Os dois se mandaram para a cidade atrás de melhores condições, poucos anos depois do meu nascimento. Durante os primeiros anos de escola, eu tinha Tininha de companhia, e nós duas nos dávamos muito bem. Nunca fui de muitas amizades, gostava de ser eu e ela. E, mesmo que eu não gostasse, era assim que era, as duas de chinelinho de dedo, os outros de tênis, era muita diferença.

Não demorou muito para que eu entendesse que minha mãe trabalhava muito mais do que podia. Seu corpo era cheio de dores. Trabalhando como faxineira, ganhava pouco e quase não sobrava tempo para ficarmos juntas. Tia Aurora ajudava como podia, as vizinhas também. Grávida daquele que seria meu irmão, viu a água correr pelas pernas e o sangue jorrar antes do tempo. O pobrezinho nasceu morto. Os patrões de minha mãe nem chamaram socorro. Ela apanhou o ônibus e veio para casa com o embrulhinho no colo. Daquele pesar nunca se recuperou. Minha mãe se calou de vez e eu fiquei órfã de sua conversa. Seu riso nunca mais brotou. Nem as lágrimas.

Foi depois desse episódio que o pai teve o que chamou de "revelação" e a vida da gente mudou completamente. Só fui capaz de entender os detalhes do ocorrido quando deixei a inocência da minha infância. Meu pai tinha se tornado um homem de empresa. O negócio era vender milagres, se aproveitar da fé das pessoas.

Para minha mãe, nada fazia diferença. Ela se sentava na primeira fila do templo balançando a cabeça e erguendo os braços no ar. Eu só observava, quieta enquanto criança, rebelde adolescente. Meu pai me chamava de rebelde sem que eu soubesse o que era isso.

Das mudanças de vida, uma nova escola para mim. Uniforme bordado, tênis, mochila. Pelos corredores eu era apontada como a beata, a carola, a crente. Sem contar que não havia dinheiro nenhum no mundo que corrigisse na cabeça daqueles riquinhos a minha pele escura, minha origem pobre. Tudo piorava ao meu redor, a raiva crescia dentro de mim que nem tiririca do brejo, vassoura-de-bruxa na plantação. Isolada, eu só tinha os cadernos, as provas e as notas máximas para esfregar na cara de quem quer que fosse. Nisso eu não falhava. Por sorte, minha tia, meu tio e meus primos que vieram depois de mim deram bons ventos para meus pensamentos e sentimentos.

Peguei birra de culto, missa, templo, igreja. Fosse o que fosse. E levei muita coça por conta disso. Surra de cinta dói mais do que encarar o diabo. Não que eu tenha encarado o diabo algum dia, mas juro que preferia dizer uns desaforos na cara do tal sujeito do que pegar o meu pai num daqueles dias em que a Bíblia dele dizia que eu era virada, atentada pelo cão.

Quando completei 15 anos, fugi para a casa de minha tia Aurora. A bem da verdade, não fugi, fugiram comigo, mas achei foi bom. A tia tinha acabado de ficar viúva, estava com dificuldades de cuidar da vida com dois filhos pequenos. Meu pai ofereceu que eu morasse lá e ajudasse com meus primos enquanto a tia trabalhava. A casa da tia era do lado da minha escola, os meninos ficavam na creche o dia todo, dava tempo de estudar, varrer a casa, catar lixo dos canteiros para ver crescer em dentes-de-leão. Quando a tia chegava do trabalho, fazíamos algo para comer, inventávamos brincadeiras com os meninos. Era divertida a vida com eles, apesar do choro da tia que aparecia à noitinha. Eu escutava quando ela se deitava na cama, soluçando baixo.

Livramento, foi o que pensei. Ouvia tanto disso na igreja do meu pai. Obtive a graça do livramento deixando de conviver com ele. Fiquei sem o peso do sobrenome Santos, que era ao mesmo tempo motivo de negação para ele. Passei a ser só Marcela. Marcela de Aurora e Graça, como o seu Zé da padaria passou a me chamar.

Quando chegavam os finais de semana, o motivo era de celebração, nunca de zanga. Tia Aurora passava na casa dos meus pais comigo a tiracolo para o café, dizia o quanto estava grata, os meninos se empoleiravam ao redor do meu pescoço e todos pareciam perfeitos personagens de um comercial de margarina. A visita durava pouco tempo porque meu pai tinha afazeres como pastor. Eu nem reclamava. Minha mãe parecia cada vez mais ausente.

Livramento, foi o que meu pai recebeu deixando de conviver com a minha cara amarrada nos bancos de sua igreja, minhas respostas ardidas. Já que eu não era o melhor exemplo de fiel, melhor seria me dar o destino de babá dos primos, uma história que ele contava ao seu modo: "Marcela é uma serva dedicada, não sai por aí como outros jovens, mora com a tia e ajuda a criar os meninos, cheia de boas virtudes", era isso.

Da minha mãe eu soube pouco. Certa vez, ela tentou me contar a história de amor da minha avó Esmeralda e do meu avô Clemente e foi interrompida por um prato de feijão atirado contra a parede. Meu pai fazia sua oração, repetia versículos com interpretação torta. "Mulher é pescoço, homem é cabeça." Assim ele resolvia a maior parte das discussões. Minha mãe abaixava o olhar e se fechava mais uns quilômetros dentro de si mesma.

Tia Aurora era o oposto. Na casa do meu pai, fingia o que fosse para que ele não me tirasse de perto dela. Tinha se formado enfermeira, trabalhava no hospital universitário, concursada havia

anos. Fazia falta o tio, um sujeito pra lá de especial, jornalista, escritor. Dodó, era assim que eu o chamava. Os dois foram morar juntos muito novos, queriam estudar e foram dando um jeito aqui e ali para se manterem de pé na cidade engolidora de gente. Demoraram para ter filhos, por isso eu tinha tanta diferença de idade dos meus primos.

Dodó foi quem me ensinou que o prazer de ler é o prazer de "destrinchar coisa difícil". No começo eu não consegui compreender como algo bom podia cansar tanto a cabeça da gente. Por vezes eu começava e queria largar nos primeiros parágrafos. "Não é para dar rede, não, Marcelinha, é vendaval, mexe com o juízo e bota a gente de cara com o perigo. Tem que ter coragem com livros, com as ideias que eles trazem", e aquilo me atiçava. Mesmo assim, o tio me incentivava a largar e pegar outro livro quando o primeiro não me fisgava. "Deixa repousar esse estranho, menina, depois você volta pra ele mais forte e domina a fera", era assim que ele falava.

Tia Aurora me ensinou a ter amor pela árvore da vida. Foi ela quem me contou tudo sobre minha avó, sua sina de benzedeira, sua forma sincrética de preparar no tacho as contas do rosário, sua benevolência com o povo daquele lugar distante de nossa casa. Quando eu questionava a tia sobre a mistura que ela fazia dos saberes antigos com a ciência de sua profissão para tratar da saúde, ela só dizia que eu deveria botar reparo de microscópio nas bulas dos remédios, na história da medicina. Com isso, fui aprendendo que todo conhecimento tinha raiz profunda na terra. Até o comprimido que eu tomava para baixar febre era fruto de uma pesquisa com alguma planta. A sabedoria de Aurora vinha de berço. Não era um berço de sobrenome da nobreza, ao contrário, era a tradição do povo do lugar, gente que observava os ciclos da lua para plantar e colher, gente que ensinava cientista a parar para pensar no simples. Foi assim meu apaixonamento por uma avó que eu nem conhecia, afastada dela pelo meu pai e por minha mãe, esta agindo pela devoção ao marido.

Dona Esmeralda era sabida por demais, dona do barracão de benzeção, conhecedora de rezas contra quebrantos, espinhela caída, além de desamor, o que era mais comum entre as mulheres. Eu nem sabia o tanto que minha avó seria capaz de me ensinar sobre a vida. Foi minha tia quem contou que a vó mantinha um par de redes e esteiras no barracão. Se alguém perguntasse o motivo, ela nem tchum, não dava resposta. Eu cheguei a ver os restinhos no chão, o que sobrou da invasão. Sabia a serventia por conta das horas de conversa com tia Aurora e Dodó. Muitas mulheres se refugiaram ali, dormindo por dias com seus filhos até conseguirem passagem e hospedagem em outras cidades, longe dos punhos de seus maridos agressores.

Uma daquelas histórias eu conhecia, tinha virado livro na escrita de Dodó. Contava a tristeza de Mocinha, cabocla caçada no laço, como diziam as histórias de maldades antigas e aceitas como outros costumes. Ela, que foi obrigada a se casar com um homem que, embora não fosse rico ou poderoso, tinha lá sua terra, uma casa, um cavalo, meia dúzia de porcos, talvez, teve que se sujeitar ao seu poder de mando, mas acabou se tornando símbolo de resistência para outras mulheres.

Mocinha foi uma que pediu abrigo no barracão, e Esmeralda deu mais que teto, ensinou bravura. A mulher nunca que voltou para a casa do marido. Criou o menino sozinha nas agruras da incerteza, fosse frio, fosse fome, mas sem apanhar.

Daquela história, ouvi de meu próprio pai uma inversão absurda: "Filho cresceu e teve sobre si a recusa do pai, por culpa da mulher que deu as costas para o marido e saiu no mundo; antes ela tivesse obedecido o homem, cuidado da casa, rezado para acalmar o esposo". Eu tentava em vão discordar, mas ele berrava que "mulher é para ficar em casa, quieta, de porta fechada, cuidando do lar, da família", cansei de escutar.

Dodó era o avesso do que eu sabia sobre ser homem, a contar pela figura de meu pai. Acordava cedo para passar o café e chamar Aurora e os meninos. Não deixava a tia sem beijos e o quanto ele dizia que a amava sem se importar com a presença de outras pessoas. Empinava cavalinho com os filhos, sentava-se com a gente para fazer dever de casa. Vestindo avental, cantava coco, baião e mexia as panelas. Engraçado, Dodó, carinho puro. Foi ele quem me fez querer ter pai de novo, mas nunca cheguei a ousar chamá-lo assim. Minha mãe poderia ficar mais triste do que era ao ver que eu me entrosava no jeito de filha do meu tio e minha tia. Adoeceu injustamente. As pessoas boas que nem Dodó nunca que deveriam ficar doentes; morrer, então, nem se fala. Tia Aurora quase endoidou, não fosse seu instinto de mãe e sua sabedoria de mulher, teríamos desintegrado de cabo a rabo.

Seguimos a vida, eu mais os meninos de tia Aurora dando alegrias de dizer "eu te amo" todos os dias, na cópia fiel do exemplo daquele homem que tinha sido Dodó.

Talvez, um dia, eu pudesse conhecer alguém que me desse vontade de juntar as vidas. Pensava nos meus tios, investigava esse sentimento dentro de mim, embora não encontrasse nada parecido. Viver com meus pais tirou de mim o romantismo, a ilusão de um amor eterno, um par perfeito.

Quando meus pais morreram, senti que deveria partir durante algum tempo em busca do que eu era ou do que eu gostaria de me tornar. Era bom com tia Aurora, mas eu queria saber mais por mim mesma, pelos meus olhos. Eu sonhava com minha avó, conversava por dentro dos sonhos. Não sabia o que ela levava de mim por dentro. Quando eu estava prestes a celebrar meus 17 anos, tia Aurora tirou uns dias de folga e me levou para ver dona Esmeralda. Ali eu ficaria durante os meses de férias.

Na ladeira íngreme da casa de minha avó, minhas pernas ardiam a cada passo. Fiquei imaginando como era para ela o ir e vir no corpo de oitenta e tantos anos. Fui surpreendida com a visão daquela mulher de braços fortes no alto de uma escadinha caiada, sua casa modesta, onde as janelas pintadas de azul-celeste se embolavam com o céu, abrindo a paisagem mais que perfeita para a esperança.

Touceiras de arruda em flor e dentes-de-leão maduros para o sopro do vento. Meu pé se pôs no primeiro degrau e a ventania varreu as flores, fazendo subir aquela nuvem de algodão.

— A ventania vem com ela! Eparrei, Iansã, seja bem-vinda, filha do ar. Venha entrar na casa de sua avó, que também é sua casa antes até de você nascer do ventre de sua mãe.

— Bença, vó — eu repetia os dizeres de minha tia, que, ao ver a mãe, pedia bênção, beijando sua mão.

Foi assim.

O abraço dela me trouxe um momento de ternura tão precioso que consegui me esquecer da tristeza de mãe, pai, grades, berros, doenças, mandos e desmandos. Fui apurando a felicidade que eu já aprendia a sentir na casa de minha tia, e mais feliz do que nunca ia me saber pouco tempo depois, nos braços de minha avó.

Era óbvio que o meu pai se recusaria a cuidar da doença com médicos. Ele tirava dinheiro das pessoas com seus placebos, vendia a mística de objetos com promessa da presença inquebrantável do divino. Tia Aurora tentou colocar minha mãe a par da situação, explicar que tinha vacina, mas, quando deu por si, já era tarde, e os dois estavam infectados com a mesma doença. Maria da Graça tinha abaixado demais a cabeça, por anos seguidos, seu pensamento era tão para dentro das cavernas da tristeza que ninguém a convenceria com bom senso. Meu pai, então, nem se fala, tamanha era a ignorância evocando o nome de Deus e colocando isso como oposição à ciência.

Tem gente que parece preferir a morte. Parece absurdo dizer isso. *Absurde*, diria dona Yolande, afinal, tem absurdo em toda parte do mundo, em tudo quanto é língua. Minha mãe e meu pai adoeceram e eu não pude fazer nada, nem velório. O apartamento ficou trancado, depois foi faxinado para desinfetar. A escritura guardada na gaveta, dentro de uma pasta com a cara de um leão, símbolo da igreja deles, aguardaria minha idade avançar.

— Só espero que seu pai não tenha dado para a igreja a casa de vocês.

— Não me importo, tia. Eu quero ficar com a avó, saber de mim.

— Faz bem, Marcela. Essa velha mandingueira vai te ensinar muito sobre a vida — disse isso beijando a mão da mãe, que foi-se embora para o quintal levando os meninos, deixando que a conversa entre tia e sobrinha seguisse seu rumo sem interferência.

— Você é muito estranha, tia, uma mulher estudada falando em poder de mandinga.

— Eu entendo suas dúvidas, minha menina. Quando falo de minha mãe, não estou falando de religião, Marcela. Sua avó é bruxa mesmo, velha sábia, conhece o mistério de cada centímetro de chão, mulher de roça observadeira, e, quer mais? Ela tem palavra certeira pra tudo. Faca amolada, isso sim. Sem contar que costurou, limpou, cozinhou, plantou e criou suas duas filhas sem que faltassem pão e água limpa dentro de casa. Ainda deu de comer para muita gente que pediu acolhida nessa casa. Quer mais poder de fé do que o dessa mulher? As crenças espirituais de sua avó nunca se transformaram em pão, nem em roupa ou qualquer coisa material para nós. Ela nunca aceitou dinheiro para rezar, benzer, cantar suas orações. Se ela fez do barracão sua religião, foi por apego à vida na sina de ajudar as pessoas. Parece que quanto mais ela dividia, menos faltava. Uma matemática que só ela conhece.

Foi por isso que eu fiquei; ainda que não tivesse fé, crença, espiritualidade ou coisa similar, minha avó era o meu grande mistério. Tia Aurora passou uns dias conosco e retornou para o trabalho. Na partida dela, o mesmo vento fez subir a nuvem de algodão dos dentes-de-leão, mas minha avó não saudou a ventania, apenas me disse:

— Você é feita de ar, não se preocupe, menina, um pouco do seu olhar vai com Aurora e ela ficará bem com os meninos até sua decisão apurar. Agora é tempo de andar neste chão, fincar pé, aprender a fazer lavoura de cura. O resto vem com o tempo.

Não entendi as palavras dela, mas bastava sua imagem sólida de mulher sábia na minha frente para que o medo fugisse de dentro do meu coração como se espantado com o vento.

Vi muitas vezes aquele vento erguer a nuvem de esperança e abri a janela da frente do jeito que Tininha me ensinou. Chegue, esperança, seja bem-vinda.

MARIA MIÚDA EM PATA-DE-ELEFANTE

MARIA-SEM-VERGONHA. BEIJO. *IMPATIENS WALLERIANA*. DE ORIGEM AFRICANA, COM SUAS CORES VARIADAS, FLORESCE O ANO TODO, POR ISSO, É MUITO COMUM COMO PLANTA ORNAMENTAL EM CANTEIROS. BEIJO NÃO É TÓXICO, AO CONTRÁRIO, CONTRIBUI COM PODER FUNGICIDA E OUTRAS PROPRIEDADES DE CURA.

CAPÍTULO 5

No caderninho já tinha um apanhado de espécies do quintal de dona Esmeralda. Maria-sem-vergonha nenhuma também tinha. Alguns a chamam de beijo, isso casava direitinho com a coragem da flor. Destemida em cor-de-rosa, laranja, roxo, branco, vermelho, dobradas e simples, todas esparramadas pelo barranco que nem capim.

— Essas são choro de carpideira, desatinam a crescer sem parar.

— Carpideira? Na colheita de capim?

— A flor, menina, oxe.

— Vai carpir as coloridinhas, vó?

— Era isso? Carpideira é de outro costume, tem mais não. Você não sabe?

Como haveria de saber que um dia mulheres eram pagas para chorar em velórios? Coisa mais triste e engraçada. Triste porque pagavam mulheres para chorar um morto. Mais triste ainda pensar que a maioria delas chorava os vivos. De tão triste, achei graça, e minha avó também riu, porque ela era boa de embalar nas minhas piadas. Cheguei a dizer para ela o ditado "Seria cômico, não fosse trágico", mas ela desconhecia a palavra "tragédia", achava perigoso esse negócio de se casar com dor profunda, fazendo crescer em si o desenredo da vida. Mais tarde compreendi do que se tratava o conselho e fui me refazendo das minhas tragicômicas manias de sofrer.

Lá no alto, entre os beijos derramados, absoluto que só ele, um gigante conhecido pelo nome de Pata-de-elefante.

— Batizei Ganapata, foi assim que a professorinha que teve uns dias por aqui me ensinou, contando a história do menino com cabeça de elefante.

— Sei pouco dessa história, vó, já vi muita gente usando camisetas com esse deus, ele é bem famoso na cidade, viu?

— Coisa boa essa gente da cidade, tão sabida, filha, conhecem história de meninos elefantes e tudo.

Dei risada da ingenuidade de minha avó.

— Ela me contou que o moleque montava guarda em frente à porta de sua mãe enquanto ela se banhava para ninguém entrar. O pai estava viajando havia anos, nem conhecia o filho. Acontece que o homem voltou da tal jornada nesse dia, no exato instante que o filho guardava a cancela. Os dois nem se conheciam.

— E o que aconteceu, vó?

— O homem quis entrar na casa e o menino botou corpo na frente, disse que não entraria ninguém. O homem disse que ali ele é quem manda e, sem titubear, foi com a espada direto para cortar a cabeça do filho. Uma tragédia. Quando sentiu a vida do seu ventre esvair, a mãe gritou de dentro da casa avisando o pai que aquele era o filho dos dois. Tamanha foi a injustiça, sem cura para qualquer mortal. Mas o pai era um deus e mandou seus guerreiros buscarem a cabeça do primeiro animal que passasse na floresta.

— Um elefante.

— Sim. É história de outro mundo, menina.

— Da Índia, vó.

— Fica do outro lado do oceano. Deve ser bonita, cheia de elefantes andando pelas cidades.

Dei risada.

– Sei... Continue...

– Por ser um elefante, dizem que ele é bom de vigília, fecha com o corpo as portas de nossas casas. Não sai por nada. Não deixa o inimigo entrar.

Eu já sabia de cor e salteado a história do deus com cabeça de elefante. Dodó me contava tudo sobre mitologias e passávamos horas debatendo os detalhes das imagens dos deuses e das deusas de culturas diferentes das nossas. No final das prosas, nossa conclusão era sempre a mesma, parece que todas as histórias saem do mesmo bucho. E ríamos, ríamos muito de nossa travessura de criança pesquisando o infinito e deduzindo filosofia como quem fala de cozinhar feijão ou coisa mais simples.

Ganapata estava esmiuçado no facão. Sem folha nenhuma, a pata absoluta no meio das marias pisadas. Foi aquele o tumulto da madrugada depois da festa de Juliana. Destruição sem piedade do jardim enfeitado da avó. Matuta, a velha senhora só fez apanhar colher de pau, tacho de cobre e melaço. Nas bacias ao lado, goiabas vermelhinhas lavadas e picadinhas no jeito de fazer doce.

– Que hora foi que a senhora preparou essas frutas?

– Noite todinha, velando seu sono e labutando.

– A senhora ouviu o barulho no quintal? Por que não me sacudiu? Eu tinha saído e espantado esses safados.

– Quem tem ódio tem pressa, precisa destruir por fora aquilo que o fogo já queimou por dentro. Eu não. Sou um bicho sem pressa alguma, menina. Posso esperar as crianças aprenderem a falar a primeira palavra. Posso esperar os meninos caminharem. Já benzi muito passo de menino. Muitos desses que andam por aí no meu terreiro foram trazidos para mim quando piticos. Agora eu vou ter a mesma paciência que tive com eles no passado, as marias nascerão de novo, e Ganapata vai brotar sua coroa de folhas, menino rei que ele é. Sabe que o pai dele é deus da destruição?

— Chama-se Shiva, vó. E, se eu acreditasse em deus, invocaria o pai para dar uma coça nesses sujeitos que destruíram seu quintal.

— Se você não sabe o que dizer, Marcela, é melhor se calar e escutar.

Fechei o cenho com a puxada de orelha. Minha avó não era ríspida, mas sabia dar cabo de qualquer assunto com duas ou três palavras certeiras.

— A senhora aprova essa desordem?

— O que é que você acha, minha filha?

— Acho que a senhora é pacífica demais. Vai fazer doce para os inimigos?

— Se o doce servir para clarear os paladares deles, por que não?

— Ora, vó, a gente não devia era ir até a delegacia de polícia prestar queixa?

— Talvez.

— Talvez?

— Talvez. E pronto. Vai apanhar seu caderno. Aproveita para desenhar Ganapata peladinho, sem folha nenhuma. Sabe-se lá quanto disso vai ser útil para os detalhes do seu desenho.

— Pois o que eu queria mesmo era que a senhora se levantasse desse acocoramento e fosse comigo até a vila falar com a doutora delegada. Dizem que é uma mulher bem destemida.

— Quem foi que disse isso?

— Seu Januário mais a filha dele. São ótimos de conversa.

— A delegada é filha de Nhotinha. Chama-se Adelaide. E é poeta.

— Vó, a senhora parece aluada? Está mudando a conversa para não falar do que interessa, irmos à delegacia.

— Agora é que bastou, Marcela. Cuide dos seus lápis, do seu caderno, e anota tudo que eu lhe disser sobre os milagres das mariazinhas. Quando Nhotinha era moça, um homem cismou com sua formosura de tal maneira que não deixava a pobre em paz. Andou atrás dela que nem visgo de jaca. Tinha os cabelos loiros, era alto, bonito até. Além do quê, era filho de um médico que viveu por aqui durante uns bons anos e achava que qualquer mulher ia arrastar asa pelo filho dele. Não foi o caso de Nhotinha.

A fervura do tacho obrigou pausa na história. Mexia e mexia e mexia, me fazendo esperar pela continuação do acontecido. Eu, *impatient* que nem maria...

— Pois então, Nhotinha tinha paixão correspondida com o filho mais velho do seu Veloso, dono do armazém de secos e molhados que ficava bem de frente à igreja de São José, onde hoje tem a sorveteria da Joana, sabe?

— Sei, dona Esmeralda, conte.

— Mas que pressa, menina. Respire. Oxe.

— É que a senhora faz um suspense que não aguento, vó.

— E a senhorinha tá ouvindo a história como se fosse fofoca, e eu não sou futriqueira. Pois bem, o tal discutiu feio com o menino do Veloso, disputando Nhotinha como se ela fosse uma carroça, um burro, um saco de café da mercearia. Nem com um nem com outro. Nhotinha decidiu ir-se embora estudar na capital. Para o desassossego do povo, voltou formada em Medicina, imagine, e grávida de Adelaide.

— E não se casou?

— Casou, claro, com Rosa, a filha mais nova do seu Veloso. No final das contas, era para Nhotinha ser nora do dono da venda, isso não teve jeito de desviar do destino. Mas o que eu ia contando era das mariazinhas. Adelaide triscou fogo nas pernas numa noite de fogueira. Tinha pra uns cinco anitos na ocasião. A mãe chegou com a menina aqui, chorando que ninguém dava jeito.

— A mãe não era médica?

— Ora, eu não falei que era? Mas quando foi que médico deu jeito em choro de criança? Médico também precisa de acalanto, e foi por isso que Nhotinha se mandou para o meu colo.

— Nisso a senhora tem toda a razão. E as mariazinhas, o que foi feito delas?

— Fiz um emplastro com as folhas e o choro parou na hora. Nhotinha dormiu aqui na salinha dos santos, bem mesmo nessa rede azul puidinha que você adora. Eu fiquei com Adelaide, contando história até nascer a estrela da manhã. Quando menina, Adelaide adorava visitar o quintal. Contei pra ela de Ester, da estrela de seis pontas, todas essas coisas que você já sabe.

— Pronto, vó, vamos agora mesmo ao encontro da delegada, contar tudo o que anda acontecendo nos últimos tempos para sua menina Adelaide. Ela vai ajudar a dar jeito nesses vândalos que destruíram suas imagens no barracão, pisotearam o jardim.

— Não duvido que Adelaide resolva o furdunço, mas qual será o custo disso? Sabe o que é, Marcela, eu sou boa de lutar, mas não entro em briga por coisa à toa. Estou esperando o tempo certo para esse debate. Oxalá chegue depressa o dia de botarmos a palavra no curso preenchendo todos os vazios que nem essas mariazinhas enchem ladeira.

— Não sei se entendo a senhora, mas paciência. Vou ali fazer emplastro com meus lápis no caderno, pilar as linhas do desenho da pata-de-elefante. Vou esperar essa cura que a senhora anuncia. Eu é que não vou discutir com a senhora.

— Faça isso, sabidinha, faça isso. O que é de hoje pode ser feito, o que é de amanhã não se sabe. Por vezes o que temos de melhor a fazer é assentar, repousar a ideia e esperar antes de piorar o machucado na ponta de faca.

Mais tarde o assunto do elefante voltou. A boca pequena, as orelhas grandes. "A gente precisa aprender a escutar mais do que o dobro para falar alguma coisa que valha, menina", era assim que ela resumia as coisas.

FLORAÇÃO DE QUARAR

IBARÓ. JEQUIRI. SALTA-MARTIM. SABÃO-DE-SOLDADO. SAPINDUS SAPONARIA. ÁRVORE NATURAL DE MINHA TERRA, TROPICAL AMERICANA. SEUS FRUTOS NÃO SE PODEM COMER, SÃO TÓXICOS, MAS NINGUÉM COME SABÃO DA CAIXINHA TAMBÉM. TEM QUE ENSINAR AS CRIANÇAS A NÃO BULIR COM PLANTA QUE DESCONHECEM. CERTA VEZ TOMEI UM POUCO DE XAMPU E FOI HORRÍVEL. EU DEVIA TER UNS POUCOS ANOS, NÃO LEMBRO O NÚMERO CERTO.

CAPÍTULO 6

Dona Esmeralda desfilando ondas de bilro pelo quintal parecia crescer, uma gigante, mesmo que fosse curvadinha na flor de sua idade. Os pés descalços se misturavam às pedras do riachinho enquanto as mãos laboriosas esfregavam as bolinhas nas roupas do tacho.

Aprendi a colher sabão no pé, junto de minha avó, fervemos água e botamos para funcionar. A natureza nos dava quase tudo de que precisávamos naquela rocinha. Amanhecia cará, macaxeira, café, manteiga de garrafa que comprávamos de outra doninha de nome Laura, os ovos vermelhinhos do terreiro de Yolande. Fazíamos mexido junto de uma colherinha de gordura de coco e mais umas folhinhas de peixinho que engordaram na horta depois das mudas plantadas por seu Januário. Laura morava morro acima, tinha um loureiro na porta de sua casa enfeitado com fitas coloridas. Dizia que as folhas daquele pé serviam para incensar prosperidade, e eu achava até bonita a crença, só de imaginar todo o povo com dinheiro no bolso. Vez por outra eu ia com a avó para ver aquela amiga labutar nos queijos de cabra, que aprendi a comer com geleia de jabuticaba. Uma delícia.

Era mesmo assim a vida daquelas senhoras, ora beirando o fogão, ora ornamentando a costura, ora na roça, ora quitandeiras de sabores, perambulando em trocas de uma casa para outra. Todas as gerações dependiam delas, mas poucos lhes davam merecida atenção.

A particularidade de minha avó eram os préstimos de socorro, e as outras mulheres evocavam seus saberes sempre que se juntavam para papear. Ouviam, atentas, e aprendiam com a velha a fazer remédios do quintal, benzimentos. Era muito saber ao seu lado. Diziam que meu avô tinha se apaixonado justamente por isso. "Esmeralda é pedrinha riqueza", repetia ela quando a saudade apertava.

Tia Aurora me contou a sina triste dos dois. Meu avô era filho de um casal de imigrantes, tinha uma perna mais curta que a outra e desde seu nascimento os pais pediam clemência aos deuses para que o menino não sofresse dificuldades ao longo da vida. Não sei para quem rezavam os pais do meu avô, eram estrangeiros e nada ficou de registro. Mas é certo dizer que não toleravam fé distinta da deles. O nome Clemente veio dessa saga do nascer com corpo diferente, pernas finas e pés truncados. Dona Esmeralda mostrava a única fotografia dos sogros com o filho no colo. "Tinha olhos de pedra, filha." Era dele minha herança de olhos azuis. Era da avó a minha pele escura, os cabelos ondulados que armavam festa com o vento.

Quando os meus bisavós avistaram Clemente apaixonado pegando Esmeralda pelo braço, quase tomaram o rumo de um navio para retornar ao tal país de origem, coisa lá para o leste da Europa ou mais distante. Mas tiveram que engolir o próprio desgosto com a notícia da gravidez da nora. Minha mãe tinha antecipado os planos de um casamento nunca desejado pelos pais de meu avô. Questão de honra, ao menos disseram isso. Nunca seguraram a neta nos braços, nunca que ninaram a menina, nem ensinaram para ela a história de antes do antes do pai dela. Tem gente que nasce com nome e sobrenome e devoção, no entanto, passa a vida na desilusão.

Grávida de Aurora, minha avó viu Clemente tombar da montaria na inclemência de um abismo. Partido dos pés à cabeça, o homem deixou a mulher viúva com duas piticas cheirando a leite. O jeito foi redobrar esforços lavando roupa, cozinhando, limpando, costurando nas madrugadas. A benzedura foi coisa que ela nasceu para fazer sem tirar proveito de sustento, dizia que o dom sagrado vinha de graça e com a graça da benevolência deveria servir. Os pais de minha avó já tinham partido muito antes de ela enviuvar, quando ela era ainda menina, e parecia que eu, feito minha avó, levava essa marca machucada da orfandade.

Maria da Graça, minha mãe, nunca perdoou a coragem de viver que tinha a minha avó. "Ela cresceu assozinhada, não brincava na terra, não tirava a cara de dentro de casa, parecia ter vergonha de ser feliz, a pobre", contava dona Esmeralda. Enquanto esfregava as roupinhas, ia cantando umas quadras que misturavam flores de laranjeira com margaridas para bem-querer. Eu anotando tudo o que podia, por vezes só de memória, contando que lembraria para transcrever no caderninho, ao meu modo, momentos mais tarde. Tinha a sensação de um tempo de areia correndo na ampulheta de vidro. Queria segurar cada grão de minha avó para mim.

O sabão-de-soldado é uma árvore alta, pra lá de uns dez, quinze metros. Desse nome eu não soube o porquê e, assim como minha avó, inventei resposta imaginando a guerra, o meio do mato, a necessidade de fazer uso do que se tem e mais nada. Podia se chamar sabão-da-rua, dar espuma para esfregar as camisas ao léu. Se bem que muita gente assim só tem o que veste no corpo, e falta mais do que sabão nessas horas.

Nunca fui boa de medir as coisas a olho. Da casca da árvore, calmante é extraído. As folhas compridas exalam um cheiro forte. As flores pequeninas podem facilmente servir de coroa para uma abelha, embora essa suposição seja meramente ilustrativa da minha imaginação algumas vezes avoada (deve ser a convivência com dona sabidona). As bolinhas servem para lavar roupa, fazer xampu. A cidade de onde eu vinha tinha de tudo, ou quase. Pé de sabão acho que ninguém tinha.

— A senhora vai secar a roupa na grama?

— É pra quarar, menina.

— Quarar é o que?

— O sol bate na roupa ensaboada, eu vou molhando, molhando...

— E o que acontece, dona Esmeralda?

— Ora, acontece o que é que acontece quando quara a roupa.

— Conheço corar, quarar nunca tinha ouvido, não senhora.

— Pois, se tem quem cora, tem quem quara. O sol tira as manchinhas, fica tudo limpinho mesmo.

E assim foi indo até meio-dia, eu nos encantos da minha avó, regando barra de saia, vestido, camisa. Fazia uns três dias ou mais que eu só vestia roupa branca, igualzinha a ela. Não era uma devoção espiritual aos santinhos ou à pedra de responsa do altar, essa eu até fiquei tentada a cultuar quando soube da história, era mais querer parecência com a avó mesmo. Ela era todo o conhecimento do meu mundo, e eu já não me sentia assozinhada como foi um dia minha mãe. Eu não me sentia órfã. Não mais.

Quando a tarde chegou, estávamos as duas no barracão, finalmente catando os cacos da imagem de Iemanjá, a Mãe Grande que foi partida no ataque dos impiedosos fiéis. Nos primeiros instantes, reclamei de novo a ausência da delegada no caso. Seguido, fui separando o que tinha sobrado inteiro sem dizer nenhuma palavra, porque minha avó só varria, cantava e dançava, remexendo os quadris de um jeito delicado que me fazia acompanhar seus movimentos com os olhos, com as mãos. Ao lado dela, minhas impaciências se desfaziam.

— Dança comigo, filha do vento, roda aqui no terreiro.

— Não sei dessas coisas, vó, com todo o respeito.

— Não sabe dançar? Oxe, menina mais dura que madeira de lei, é?

— Sei dançar, só não sei essas coisas de terreiro que a senhora canta.

— Basta brincar, Marcela. Levanta e sacode esses quartos, bora.

— A vassoura tá esperando trabalho, vó.

— Bote a vassoura para dançar, não seja boba.

Quando me dei conta, o barracão estava limpo; enterramos os cacos num buraco feito dias antes por seu Januário a pedido de minha avó. Por cima, plantamos uma porção de mudas de roseira.

— Vou desmanchar o barracão, minha filha, já não faz mais sentido. Pedi ao Januário que recolha as tábuas e aproveite mais as telhas no puxadinho que ele vai fazer para a filha, no fundo do terreno dele. Só sobra mesmo a pombinha do divino, que a gente vai levar hoje mesmo para a sala dos santinhos, dentro de casa.

— A senhora tá conformada com isso? Desmanchar o barracão é como dizer que eles venceram a guerra.

— De que guerra você está falando, Marcela?

— O barracão foi atacado, vó. E eu desconfio até daquele homem, ministro da igreja, que deve estar bem no meio disso. Querem impedir a senhora de rezar e benzer, vó, é isso.

— Mas isso é impossível, minha filha. Ninguém impede a nuvem de chover, nem o vento de ventar, nem o mar de dar ondas. Mais forte é minha vontade e os mandos daquele que tem o querer mais forte do que *nóis* tudo.

— A senhora passou dos 80 anos, vó, eles sabem disso. O padre, seu amigo, também está prestes a aposentar. Eles estão se sentindo fortes e superiores e...

— Como um homem se sente é direito ou desatino dele, o que o homem é de fato, tem mais coisa envolvida, menina.

Calei. Tinha muito para se fazer recolhendo tábuas e telhas nos próximos dias, a decisão dela estava tomada e eu não ia me importar com o barracão, afinal de contas, nem religião eu tinha. Se minha avó estava cansada da vida de benzedeira, melhor então pra ela. Eu não arredaria pé daquele lugar e protegeria nós duas, tinha dito. Se fosse preciso, moraria ali para sempre.

ALFAZEMA E
CAQUINHOS DE VIDRO

ALFAZEMA. LAVANDA. *LAVANDA LATIFOLIA.* ARBUSTOS DE CHEIRO. NA FARMÁCIA, MINHA MÃE COMPRAVA O VIDRINHO E ME SALPICAVA AS GOTAS DEPOIS DO BANHO, ANTES DE DORMIR. DESCOBRI QUE A PLANTA NATIVA É ENCONTRADA EM VÁRIOS CONTINENTES, UM MISTÉRIO COMO AS NOTÍCIAS CORREM.

CAPÍTULO 7

Seu Januário foi levando madeiras, telhas, até a porta de tramelinha e aquelas janelas ornamentadas com estrelas pintadas de azul para o novo destino: construir um quarto para sua filha pintar. Dizia que a moça era talentosa, eu não a tinha conhecido ainda, poucos meses mais velha do que eu, sabia. O pai, dedicado a tornar o sonho da filha artista uma realidade, enchia lajes, reforçava muros, emboçava paredes, assentava metros e metros de piso, aos domingos que fosse.

A mãe dela não existia mais. Disso eu sabia. Era órfã como eu, mas só de mãe, o pai existia e era um homem justo e bondoso.

No ginásio da escola, a filha daquele senhor já era professora dos pequenininhos. Ensinava a desenhar, colorir, recortar, colar. Eu gostava muito de arte, embora meu dom fosse mais para juntar abecedário reconhecendo palavras para contar as histórias, fazer verso. Porém, desde a morte dos meus pais, meu desejo de poesia era nenhum. Foi o caderninho do quintal de minha avó o responsável por me recuperar, nem que fosse em parte, daquela minha doença sonsa. Dona Esmeralda dizia que o meu caminho era o de ventar, andar pelas estradas circulando o mesmo vento que por vezes se recolhia entre quatro paredes nas contradições do mundo.

As palavras de minha avó eram pedras preciosas para mim, concha que guarda pérola. Nessas idas ao terreiro para conhecer a roça e a medicina das suas plantas, ela me deu uma rama farta de alfazema cheirosa para rechear meu travesseiro.

—Vai fazer você dormir tranquila, filha.

Das rezas eu mantinha distância, mas, da cultura da terra que minha avó cultivava com seus pés descalços, fazia questão de saber e aprender.

Ajudei seu Januário carregando a carriola repetidas vezes e não vi sua filha. Minha avó serviu limonada com capim-santo para recuperarmos nossas forças. Quente, o sol no céu anunciava uma chuva de lavar tudo naquele mesmo dia. Dona Esmeralda teve uma fraqueza, sentou-se na grande pedra do jardim para se amparar.

—Vó, melhor ir para dentro de casa.

— Foi visagem, menina. Eles vão voltar, ainda hoje. Vai ter chuva vermelha, minha filha.

— Esse sol está fazendo muito mal para a senhora, vamo simbora pra salinha dos santos repousar na redinha, minha avó.

— Seu Januário, o senhor me ajude aqui a caminhar até aquela pedrinha de responsa, venha junto pedir ao seu pai que a justiça não tarde — tremelicou minha senhora.

O homem levou a mão direita à testa, a mão esquerda à nuca, depois entoou uma saudação desconhecida para mim, "kaô". Eu não queria a história da pedrinha, nem sabia que seu Januário era filho de santo que nem minha avó, mas naquela altura minha preocupação era cuidar da teimosinha para que ela ficasse bem logo.

Assim que entramos, a porta bateu com força atrás de nós, um pé de vento inesperado cortou a sala, derrubando o pequeno espelho da parede, partindo o mimoso em mil pedacinhos. Os olhos da minha avó correram para verificar. Fiquei com pena, era o espelho de Iemanjá, que ela segurava com sua mão para pentear os cabelos.

— Ô, Mãe Grande, é pra já que eu conto suas histórias.

— Pensei que a senhora ia se magoar com o espelho partido.

— O invisível tem várias maneiras de falar comigo, minha menina. Senta aí no banquinho de vó que eu vou lhe contar...

Seu Januário foi saindo de manso, obstinado com seu afazer de pai, marceneiro de filha artista.

— A senhora vai me dizer o que conta essa pedra do seu altar, vó? O que foi que seu Janu chamou de kaô?

— Outra hora. Antes vou contar da princesa, rainha do mar, quando ainda era menina feito tu e cismou de caminhar na praia sozinha, sem a proteção do pai.

— Gosto de moça destemida, conta logo.

— Era isso, destemida. Apanhou seu espelho e seu pente, saiu pelos fundos que nem o vento que a gente não segura com as mãos. Alcançou a praia e desfilou formosura.

— "Quem vem para a beira do mar, ai, nunca mais quer voltar..." – cantei. Tinha aprendido com Dodó a gostar daquela canção e de tantas outras de Dorival Caymmi, até sonhava conhecer a Bahia dos Orixás.

— Todo caminho vai dar no mar, minha filha. Ela é a Mãe Grande, abraça a todos.

— Mesmo os que não merecem seu abraço, vó?

— Quem diz os merecimentos de cada um, minha filha? Julgar os miseráveis e os ricos é coisa que só o infinito pode saber. Pois Janaína caminhou na areia, dona de si e do mundo. Sentou-se no alto da pedra e colocou a voz nas ondas, ora fitando o mar, ora destinando espio no espelho para acertar os cachos de sua cabeleira negra.

— Era bonita, vó?

— A mais, pele reluzente tecida com a noite.

– Foi pelo espelho que ela avistou os inimigos de seu pai vindo em sua direção. Os olhos flamejavam, as bocas escancaradas diziam palavras de ódio, os vincos desenhavam formas terríveis naqueles rostos. A moça não tinha armas nem escudos, mas sabia mostrar sua força.

– O que foi que ela fez para se defender?

– Bateu com o pente no espelho, cercou-se com os cacos enterrados na areia. Cada caquinho, reconhecendo-se parte do areal, cresceu para além da altura de Janaína. Foi assim que o chefe do bando anunciou aos outros que ela estava acompanhada por figuras grotescas e era melhor fugirem rápido daquele lugar.

– Eles viram o próprio reflexo! Isso é genial, vó.

– Por isso que eu repito, a boca traz aquilo que o coração leva cheio. Viram a maldade que carregavam dentro deles mesmos e se espantaram com tamanha feiura. Iemanjá catou os cacos, refez o espelho e voltou para o mar. Até hoje, quando um espelho quebra, menina, a gente deve se olhar de perto em cada tiquinho de luz para saber a qual parte da história queremos pertencer.

– A senhora não tem ódio? Esses bandidos que entraram na sua casa, partiram a estátua de Iemanjá, que a senhora ama tanto, isso não parece motivo para odiar?

– Depende. Se o ódio crescer dentro de mim, pode ser que eu perca a florada rara que cultivo dia a dia. Ódio é bicho sinistro, Marcela, tem sedução, faz acreditar que é cheio de razão nos mandos e nos comandos.

Repentinamente, seu Januário gritou, e ouvi barulhos do lado de fora:

– Queima toda essa tralha, homem, essa madeira é serviço de macumba!

– São eles, vó. Eu não aceito desaforo! Agora vão se haver comigo.

Parti pra rua, descalça, ainda fiz "ai" quando o caco fincou no meu pé. Aquilo foi pequeno diante do imprevisto da chuva vermelha que correu sobre os meus olhos. Tonteei, mirei o azul imenso do céu, o manto de Janaína até um quebrar de onda, meu corpo sobre a calçada.

Acordei com os olhos dela sobre mim. Um cheiro de alfazema. Reconheci a filha de seu Januário pelo avental cheio de tinta. Os olhos, imensas jabuticabas, derramavam lágrimas de desencanto, e não havia um tico de açúcar que pudesse fazer doce aquele momento triste.

– Você está bem? – ela perguntou, e eu não consegui dar resposta.

Ali por perto, Juliana chorava, dona Yolande aos berros misturava francês e português no desatino de me defender.

– Consegue reconhecer quem te atingiu na cabeça, menina? – perguntou a delegada.

Era ela, Adelaide, em carne e osso. O olhar determinado, uma voz firme.

Dona Esmeralda tinha a mão esquerda sobre o peito, segurando seu coração partido de avó, a primeira água que eu avistei naquele rosto velho de eterna menina, alguém que nunca desamou ninguém.

AMOR-AGARRADINHO NA PEDRA

AMOR-AGARRADINHO. AMOR-ENTRELAÇADO. BELA-MEXICANA. CIPÓ-CORAL. *ANTIGONON LEPTOPUS*. DE GRANDE PORTE, NATIVA DO MÉXICO. PODE FLORIR O ANO INTEIRO NO SOL PLENO OU MEIA-SOMBRA. "AMOR É BICHO INSTRUÍDO", LEMBREI O POETA CARLOS NAQUELES VERSOS QUE NÃO ME CANSARIAM NUNCA.

CAPÍTULO 8

A mãe de Janaína era filha do ar feito eu, segundo seu Januário. Foi ele quem me levou ao posto de saúde para dar pontos no ferimento que heroicamente conquistei na porta da casa de dona Esmeralda. Foi ali que ele me contou que aquela pedra imensa do quintal de minha avó apareceu depois de uma tormenta, chuva forte que durou dias sem cessar, destruindo os canteiros e transformando a escadinha em cachoeira.

"A velha, sua avó, ficou ilhada, pacientemente olhava para o céu e pedia para Santa Bárbara, bendita, Clara que clareia os caminhos, até Santa Luzia", todas elas na jornada da orixá fêmea, da guerreira mais valente, tudo isso recordara aquele homem com os olhos embebidos em lágrimas de emoção.

Nas últimas horas eu tinha visto muito choro. Eu não sabia chorar, em mim as nuvens ficavam lá trovejando, relampeando sem despejar.

— Iansã comanda os ventos, menina, e as tempestades.

— E a pedra tem parte nisso?

— As pedreiras são o reino do meu pai, o rei mais justo de que já se teve conhecimento, Xangô, mas na igreja tem santo de parecência, Jerônimo, escrito com J de Januário, o que muito me alegra.

Eu sorri, tamanha ingenuidade.

– Justiça é uma coisa que não tem o menor sentido neste mundo em que vivemos, seu Januário. O senhor me perdoa a falta de jeito, mas seu pai Xangô não está fazendo o trabalho dele.

–Vossa menininha é por demais revoltada dentro desse coração aí. – E apontou para os pequenos botões do alto da minha camisa.

Ele tinha razão, e eu deveria me desculpar. Não era culpa de seu Januário o gosto amargo que eu sentia em minha boca. Lembrei do espelho partido. Seria eu o rosto da feiura, os vincos do ódio? Não queria que fosse eu...

– Perdão, eu não quis ofender o senhor.

– Não tem que pedir perdão para mim, menina. Perdão é coisa que a gente tem que tratar que nem semente. Põe no seu coração e não se esquece de regar, de botar no sol. Mesmo que cresça uma planta forte, não descuide, viu? É preciso ter raízes fundas para não quebrar o caule dessa árvore. Perdoar é para a gente mesmo.

– Parece que o senhor aprendeu muita história com minha avó, seu Janu. – E ele riu.

–Aprendi tudo com dona Esmeralda. Ela é a mãe que eu não tive, ela é a amiga mais leal que alguém pode querer. Se não fosse sua avó, eu tinha endoidado quando minha amada partiu.

– Desculpa perguntar, morreu de quê?

– Pariu e partiu, minha filha. Deu a vida. Deixou Janaína mais eu, dois agarrados na eterna saudade. Sabe amor-agarradinho? É bem esse.

– Bonito isso, seu Janu... O senhor é poeta.

– Eu sou roceiro, menina, sei falar de planta.

– Pelo que estou aprendendo por aqui, todo roceiro é um pouco filósofo, um pouco poeta, um pouco astrônomo.

–A menina fala coisas graúdas, cheias de sabência, umas palavras de doutora, viu? A menina quer estudar para ser doutora?

— Sabe qual é minha única virtude, seu Januário? Sou boa de ouvir histórias, aprendo muito na escuta.

— Então a menina vai ser escritora.

— Queria eu...

— Pois queira. Filha do ar pode querer o que quiser. Santa Bárbara tem espada, menina, Iansã dança com o fogo. Acha mesmo que uma mulher dessa tem freio em alguma coisa?

— O senhor quase me faz acreditar nisso. E a pedra, por que será que ela apareceu assim, depois de uma tempestade tão violenta? O senhor deve ter uma explicação pra isso.

— Ora, foi para me mostrar o caminho. Choveu mais de sete dias e sete noites sem parar. Meu peito estava encharcado, cheio de lama na amargura da revolta. Eu podia jurar que o sol nunca mais apareceria por ali. Olhava para Janaína e só podia ver os olhos da mãe dela. Tinha vontade de andar pelo mundo sem rumo, abandonando a morte da mãe e os passos da filha.

Abaixei a cabeça por alguns instantes. De alguma forma, eu estava fazendo isso. Tinha partido da cidade, abandonando a morte dos meus pais junto com os passos dos meus priminhos que eu amava tanto, e tia Aurora, que também conhecia de perto aquela minha dor por seu Dodó, por minha mãe, que era sua irmã mais velha.

— Tem hora que a gente perde o amor, seu Janu. Fica que nem botão faltando em camisa, a gente procura pelos cantos, não acha. Minha avó tem me ensinado a amar.

— Pois eu vou ensinar a menina a botar amor-agarradinho lá na pedra de sua avó. Aquela pedrinha da salinha dos santos desprendeu da pedra grande e rolou até o meu pé, eu diante de dona Esmeralda sem entender até que ela me dissesse. Minha sorte mudou. Aceitei mergulhar na dor para me agarrar na crescência da menininha minha filha. Amor-agarradinho, era minha muda de esperança ela...

Rimos os dois, ainda que, na sequência, agulha e linha tenham atravessado minha pele arrancando uns "ais" compridos de fazer pena.

Adelaide entrou na sala da enfermagem como um furacão e nem deu tempo de saber mais do que se tratava o tal agarradinho de que me falava seu Januário.

— Estão lá na delegacia os homens que fizeram a quizumba na frente da casa de sua avó. A velha é teimosa, não quer dar queixa deles pela invasão do barracão. Já avisei a ela que tem motivo mais do que suficiente para eu grudar no cangote desses unzinhos. Bicha boa demais essa sua avó, dona Esmeralda, gosta até dos gambás fedorentos que andam entre as telhas.

— Meta os gambás nesse balaio não senhora, pobre dos bichos — fez questão de dizer Januário.

Foi assim que terminaram de me prestar o socorro, gambás pelo meio e a gente conseguindo dar risada de novo. Uma magia que pertencia a minha avó, fazer rir, seu Januário também era igual.

Já a delegada parecia uma força da natureza. Não falava empolado como costumam fazer os doutores da lei, ao contrário, tinha uma proximidade amistosa com o povo do lugar, resolvia as pinimbas e instruía com informação, apaziguava conflitos, mas não deixava injustiça morder seus calcanhares.

— Essa agressão que a menina sofreu, disso eles não escapam, porque ela é menor de idade e eu já avisei a promotora. Tão lascados!

— A senhora delegada está me fazendo acreditar que nesta vila não existem homens da lei, só mulheres?

Sua boca grande acelerou uma gargalhada de mil dentes. Era viçosa, Adelaide, não desperdiçava as pequenas alegrias.

— Temos um juiz, esse é homem, mas não é homem abestado, não senhora. Ele tem categoria! Cada história que esse homem já ajudou a gente a resolver. Aliás, ele é muito fã da senhora sua avó, acha que ela é nossa sumidade.

— Como se chama esse juiz?

— Jerônimo. Acredita? Parece até grito de guerra.

— E nome de santo — completou Januário.

Terminamos na conta de juntar juiz Jerônimo na pedra de Xangô, o orixá de proteção de seu Janu, e minha avó diria que as coincidências não existem, e, afinal de contas, seguindo os passos descalços dela, as raízes da razão se misturavam na profundidade da terra às raízes do coração, e não havia muita questão de saber qual a origem de cada semente.

REFOGANDO O REINO DOS CÉUS

MOSTARDA-DA-ÍNDIA. *BRASSICA JUNCEA.* MOSTARDA-PRETA. *BRASSICA NIGRA.* DA MESMA FAMÍLIA. NA PARÁBOLA, JESUS DIZ PLANTAR SUA LAVOURA COM SEMENTES DE MOSTARDA, PEQUENINÍSSIMAS. QUANDO A SEMENTE CAI NA TERRA, PRECISA DOS QUERERES PARA BROTAR, UMA RUMA DE COISAS QUE SE PODE CHAMAR DE SORTE: ÁGUA, SOL, SOMBRA, LONJURA DAS PRAGAS... FIQUEI PENSATIVA. TALVEZ MUITA GENTE NÃO SEJA ASSIM TÃO RESPONSÁVEL PELO QUE É OU PELO QUE SE TORNOU.

CAPÍTULO 9

Na cozinha de dona Esmeralda, parecia que nada tinha acontecido. Feijão cozido, arroz na panela e um refogado que ela anunciou contente quando me viu chegar:

— Bem-vinda, minha neta, hoje vai comer um refogado do reino dos céus.

Dois dentinhos de alho bem apurados no pilão fritavam na chapa de ferro até se acobrearem. Era de uma feitiçaria o que ela fazia ao pé daquele fogão de barro. A gordura chiava, o vapor desenhava formas perfeitas no ar, e seus pés trincavam um coco no chão como se tivessem apenas cinco ou seis aninhos de idade.

Aprendi com minha avó que para cozinhar é preciso elevar os pensamentos.

— Vai tudo pra dentro da comida, filha minha. Quem tem mágoa faz banquete de lágrimas. Quem tem generosidade da migalha faz pão.

Fazia sentido, muito embora eu não soubesse identificar o tipo de razão que a sustentava. Ou era coração. Vó Esmeralda trazia uma sabedoria de antigamente, muito antes dela mesma, muito antes de as pessoas andarem de elevadores, teleféricos, aviões, espaçonaves. Muito antes do antes do antes... Era uma mulher que sabia incorporar na vida vivida todas as histórias que ouviu, e era por causa desses saberes que eu não conseguia ir embora do seu reino. Com o passar dos dias, eu percebia que as pessoas sábias como ela tinham um organismo de células abraçadas, os neurônios todos de mãos dadas com a emoção do ventre, a surpresa da garganta e o ardil da defesa dos pés ligeiros.

— Do que se trata essa folha fritinha no alho, vó?

— É bom para digerir, visse?

— O arroz com feijão?

— A raiva, menina. A gente precisa aprender a digerir a raiva.

— A senhora me disse que não guardava ódio, agora vem dizer que sente raiva?

— Pois eu disse que não guardo, não quer dizer que eu não sinta. Só que eu sei comer mastigando até desmanchar.

— Sabidona. — Rimos as duas.

— Sabidinha — respondeu, acariciando meu rosto e apoiando sua cabeça sobre o meu coração enquanto repetia "esvazia essa tristeza, alma bendita, esvazia toda a raiva que anda escondida".

O grão de mostarda é o mais pitico dos grãos, ainda assim a sua folha é imensa. Diz a Bíblia que foi Jesus quem conversou disso. Jesus era roceiro do mesmo tipo que minha avó e agora eu, com meu caderninho e pés no chão.

— Pensei que a senhora não conhecesse a Bíblia.

— Você escolhe qual água para beber, Marcela?

— Sei lá, água limpa, fresca... Por que pergunta?

— Só tem uma fonte de água limpa e fresca no mundo?

— Já sei aonde a senhora quer chegar, e chegou. Tem razão, vó, muitas são as fontes de saberes.

— Ainda bem, não é? Imagine só se apenas dois ou três conhecessem a dita cuja da verdade, imagine só se a verdade fosse comovida e afetada dessa vaidade de ser única? É não, a verdade é uma história que se conta, veste muitas peles, o que difere mesmo é saber o que se pretende quando usamos as palavras para falar dela.

– A Bíblia também diz "olho por olho, dente por dente", o que não me parece nadinha com água limpa e fresca.

– Se você mergulhar no riacho, Marcela, verá que tem pedras no leito, galhos, lama misturada no fundo. Ainda assim a água que corre é limpa e fresca, e o que você se lembra do riacho é essa correnteza sem parada que vai dar no mar um dia...

– A senhora me confunde, sabia?

– Agora a menina vai comer e mastigar tudinho.

Na minha testa ardiam os pontos recém-feitos. No paladar, a mostarda parecia queimar na língua, junto com os gritos que doutrinavam as mentes sombrias. "Macumbeira, essa velha é macumbeira", era o que repetiam sem cessar. Minha mãe tinha um certo espanto quando batia um bolo, disso eu me lembrava. "Como pode uma colherinha de fermento fazer transbordar?", era como ela se lembrava da mãe, cozinhando. Meu pai inibia toda tentativa daquela mulher de filosofar na cozinha, replicando que ela estava falando demais e trabalhando de menos. Desde criança eu via no meu pai um desejo de comandar tudo e todos, e eu fugia para a rua para aprender a chutar bola ao gol vestindo saia, para o descontentamento dele me fortalecer as vontades. Pelo bem e pelo mal, meu pai também me fazia falta. Era a lama no fundo, apesar da água corrente que me saciava a sede.

Macumba era o que acontecia na casa modesta de dona Esmeralda. Uma batucada que ensinava a viver sem mágoas. A velha varria com vassoura de palha, e suas costas encarquilhadas não pareciam doer enquanto ela cantarolava. Macumba era a música dela. Por que eu não tinha pensado nisso antes? Eu me equilibrava nas memórias testando uma vida nova para mim, uma história que eu teria que escrever sem pai, sem mãe, sem acreditar nas maravilhas do paraíso celestial, sem temer o diabo, sem recusar minha cultura de macumba. Estava solta no mundo, isso doía um tanto. Minha avó poderia se tornar minha âncora, um tico de segurança, mas eu temia o apego, porque ela era velha o suficiente para partir da vida a qualquer hora. A morte sempre à espreita, era o que eu mais temia.

— O que mata a gente é o medo da morte, né, vó?

— Isso depende. Tem gente que se mata por dentro e tem gente que duela com a morte enganado de ter poder maior que o dela. Acontece que a morte é a nossa melhor amiga, menina. Disso pouca gente sabe.

— A morte é o fim. Não tem amizade nenhuma nisso.

— Se você olhar para a terra com olhos de ver, vai aprender que a morte é pura ilusão.

— Mais uma de suas parábolas, dona Esmeralda.

— Quem dera eu soubesse parabolizar, neguinha.

Era a primeira vez que ela me chamava com essa ternura. Guardei para mim, quase derrubo uma nuvem do meu céu. Ao contrário, ela secou os olhos no pano de louça e veio acariciar meus cabelos.

— Quero te contar do dia em que Iansã resgatou Iemanjá. É disso que me lembro desde sua chegada. Você veio ventar para me tirar do cafofo do tempo...

— A senhora sabe contar histórias melhor do que qualquer um, eu vou querer saber todas.

Ela sorria, um tanto tímida, um tanto xereta nas caraminholas que fazia brotar no meu juízo.

— Eu sei nada. Ainda que eu saiba que a morte não existe.

— Então traz de volta sua filha para me carregar no colo. Faça essa macumba — respondi sem pensar, com voz de tristeza e algumas lágrimas, e ela me abraçou forte.

— Sua mãe nunca vai deixar de te carregar no colo, Marcela. Olha no espelho mais uma vez para se reconhecer. Olha lá os olhos de sua mãe, as mãos de sua mãe, a mesma rebeldia que ressuscita a fome de viver.

– Fosse assim rebelde, como a senhora diz, minha mãe nunca teria se rendido aos mandos de um homem. Nisso a senhora pode concordar com sua neta.

Silêncio. Era o que ela fazia quando não havia palavra melhor para colocar no lugar.

Comemos o restinho no silêncio.

Ainda que mostarda ajudasse a digerir raiva, eu era uma jiboia recolhida com um bezerro no bucho. Só o tempo poderia fazer cuspir os ossos daquela carcaça.

– Licença – pronunciou uma voz de mulher à porta.

– Entre, menina.

Janaína veio trazer um retrato que pintou de minha avó, vestida com as ondas do mar. A simpatia dela com minha senhorinha cativou em nós uma amizade, um futuro. Pediu para ver meu caderninho, mostrei. Era professora e artista, elogiou os desenhos e os escritos, disse até que era uma obra de arte aquele inventário de memórias. Não sabia entender tudo que ela me dizia de uma vez, mas era tudo bom. E de repente eu me vi esquecida de ser jiboia.

ESPADA DE SANTA BÁRBARA

ESPADA-DE-SÃO-JORGE. ESPADA-DE-IANSÃ.
SANSEVIERIA TRIFASCIATA E *SANSEVIERIA ZEYLANICA*,
RESPECTIVAMENTE. CONHECIDAS NO BRASIL EM VASOS
ORNAMENTADOS PARA MONTAR DEFESA ESPIRITUAL NAS
PORTAS DAS CASAS, AS ESPADAS TÊM MATRIZ AFRICANA.
CURIOSO É QUE FLORESCEM E, DURANTE A ANTESE,
O PERFUME LIBERADO É EXTREMAMENTE AGRADÁVEL.
OBS.: "ANTESE" FOI PALAVRA QUE APRENDI NESSA
TAREFA DO CADERNINHO, PESQUISANDO OS VERDES DO
QUINTAL. FIQUEI CISMADA, PENSEI EM ANTÍTESE,
NÃO É. É AQUELE MOMENTO EM QUE OS BOTÕES SE
ABREM. PARA ANTÍTESE, GUARDAMOS A IMAGEM
DA FLOR QUE BROTA NA ESPADA.

ogo depois da partida da vizinha, Adelaide chegou com dois policiais, um jovem rapaz e uma mulher da idade dela. Vieram conversar com a avó sobre a queixa do barracão que não existia mais por ali. Dona Esmeralda manteve intenção de não reclamar de nada, mas concordou em assinar os papéis da lesão que eu tinha sofrido.

— Ele pode ser preso por isso? — perguntei.

— No que diz a lei, pode. Mas isso vai depender do que descobrimos no processo.

— Não queria que o homem fosse preso por isso, embora não me pareça justo que ele fique por aí dando pedradas na cabeça de quem pensa diferente dele.

— Justo ou injusto, não podemos afastar a lei de dar conta disso.

— Eu sei, dona Adelaide, eu sei... Só não queria ninguém preso por minha causa.

— Sua causa nada, menina. A causa é a deles. Fui atrás dos pormenores, o homem faz parte de um grupo de estudos bíblicos. Sei lá que Bíblia é essa! Vai entender esse povo...

— Olho por olho...

— Devem estar no Antigo Testamento, menina, é bem isso — retumbou Adelaide com seu vozeirão.

– Deve existir alguma forma de conversar com eles, explicar que essa ignorância já levou muitos à morte.

O policial mais jovem não se conteve:

– Posso garantir para a menina que ele não agiu assim por conta do que se aprende na igreja. Eu sou cristão e nunca agredi ninguém por religião, ao contrário.

Olhei para Adelaide de soslaio. Vi que ela demonstrava certa impaciência.

– Mas também não gosto de macumba, não, senhora.

Era justamente isso que Adelaide previa.

– O senhor está dizendo que minha avó é macumbeira?

– Não é isso, menina...

– É isso, sim. Macumbeira, diga aí. Nossa família inteira é da macumba. Eu sou. Sou dos ventos e das águas! Tá no meu sangue, que é o mesmo de minha avó, vai ver que nas veias do senhor também, é só fuçar aí dentro para achar esse respeito!

Dona Esmeralda saiu da salinha contendo o riso. Dessa vez eu tinha desconcertado minha avó.

Avexado, o polícia fez o sinal da cruz repetindo uma língua ininteligível.

– Pare de bobagens, Azevedo! Estamos aqui para cumprir nossa função. Dentro desse uniforme você é polícia, não tem fé nem partido político. Cumpre a lei e pronto. Só faltava essa.

– A senhora tem razão, doutora delegada, peço desculpas desde já, mas sabe como é, a gente tem medo dessa coisa de feitiço.

A outra policial, identificada como Santos, só fez que não com a cabeça, acompanhando os dizeres de seu colega de ofício. Ao contrário do homem, Aparecida dos Santos parecia apta a compreender a fé e a dedicação de minha avó na serventia de seu destino como benzedeira e conhecedora das ervas. Não foi por acaso que Aparecida mudou o rumo da prosa, elogiando o vaso de espadas-de-santa-bárbara bem recheado ao lado da porta de entrada.

— Dona Esmeralda me daria uma muda dessa beleza? Sou devota de Santa Bárbara e gostaria muito de fazer um vaso para minha protetora.

— Pode apanhar, filha, as plantas gostam de passear, andar pelas casas do mundão.

Adelaide sorriu. Minha avó já foi cuidando de preparar uma mudinha, disposta a servir o tal vaso almejado pela outra senhora.

— Nem sabia que você era religiosa — disse Azevedo, voltando--se para a companheira de uniforme.

— Católica de batismo, comunhão e crisma. Mas também sou neta de benzedeira.

— Acho bonito o sincretismo — suspirei sem saber que dizia alto.

Aparecida completou o que dizia.

— Só me faz pena Padre Antônio ter se aposentado. A paróquia perdeu um padre que era um pai pra gente. E enquanto não conhecemos direito o novo padre, tem esse um aí, novinho de idade e velhaco em desconhecer a valentia e o poder de mulheres da qualidade de dona Esmeralda — respondeu Santos —, gente de nossa comunidade, que salvou muita criança com conhecimentos antigos, criados no próprio quintal. Lembra da mãe de seu Bentinho? Dona Esmeralda foi quem arribou a doente da cama, estava perto do bafo da morte aquela lá...

— Bentinho, amigo do senhor meu pai, claro que conheço. Como foi essa história? — perguntou Azevedo.

Minha avó não dizia palavra. Não gostava de ficar contando glórias dos seus feitos. Tinha vaidade nenhuma. Enquanto a conversa se estendia, ela fazia muda de planta, botava água para ferver na intenção de coar um café fresco e mais nada. Foi a delegada quem continuou a conversa.

— Perpétua era o nome dela, e que Deus a tenha em bom lugar, porque foi professora primária e ensinou o bê-á-bá para muitos de nós por aqui, inclusive eu. Acontece que andou mal com uma infecção sem jeito de acabar. Minha mãe era sua médica, mas nem a medicina resolvia sozinha. Dona Esmeralda passou noites a fio orando por ela – explicou Adelaide.

– Foram as ervas, filha – emendou a velha sabida. – Desde os tempos em que não havia cidade alguma construída por tijolos nesse chão, os povos sabiam como curar doenças com elas. Tem erva para tudo, e não pensem que os donos do mundo não sabem disso. Remédio não é feito de farinha e açúcar, as plantas estão no meio desses comprimidinhos. Até esse um que se toma para acalmar os nervos tem por dentro alguma coisa de quintal, sabedoria antiga que virou embalagem de farmácia.

– A senhora tem toda a razão, minha avó – completei. – Descobri nas minhas pesquisas que a dipirona é mil-folhas. Ninguém imagina uma coisa dessas. Eu nunca. Sabe, na cidade, todo mundo acha que o que se vende em supermercado e farmácia nasceu das prateleiras. Quando a gente descobre que tem chá para tudo, pensa duas vezes em se entupir de remédios.

– Mas a medicina é muito da boa, filha. Nhotinha é excelente doutora da saúde, estudou tudinho das doenças. Acontece que uma coisa não precisa andar sem a outra, não é? A gente pode progredir sem esquecer as coisas da terra, os ensinamentos dos povos que andaram por aqui bem antes de a gente pensar em nascer. Pois tome aqui sua espada, Aparecida. Iansã é guerreira e vai proteger sua casa como ninguém. Aproveite e leve uma muda de mil-folhas, que é ótima para muitas dorzinhas. Eu ensino a usar. – E saíram de banda as duas na troca de receitas.

Quando já iam embora, dona Esmeralda tonteou. Azevedo, vendo os movimentos da senhora, fez o sinal da cruz, tremendo de medo.

– O que foi, a senhora teve uma visão ou passou alguma alma moribunda por aqui? – perguntou, se trincando nas calças.

– Oxe, menino, larga de besteira, sou velha o suficiente para ter umas tonturas de vez em quando. – Abanou-se. – Não sou feiticeira que vive 300 anos vagando nas madrugadas, montada em uma vassoura. Pare de se borrar de medo, homem! Que conversa é essa de alma moribunda? Onde já se viu, um homem montado nas botinas chacoalhando que nem um frangote!

Azevedo ficou envergonhado com a própria ignorância. No final das contas, o receio dele vinha de seu desconhecimento, o que também era perigoso, pois, desde tempos remotos da história, mulheres tinham sido atiradas ao fogo sob acusações estapafúrdias de bruxaria, sem prova nenhuma. Bastava saber fazer emplastro de maria-sem-vergonha, curar uma ferida com aquele mato macerado, pronto, tinha sentença com assinatura do clero e mando de juiz para queimar viva até se purificar na morte. Quebrar o barracão tinha um tanto disso de fogueira...

O temor de Azevedo era o que eu via em meu pai quando minha mãe tentava preparar um simples xarope caseiro com guaco e hortelã, relembrando os ensinamentos de minha avó. Meu pai temia o que não conhecia e proibia minha mãe de desenvolver toda sua garra usando a força do ódio contra ela. Aos berros, aos empurrões, minha mãe queimava em sua fogueira.

– No final das contas, a senhora não vai dar queixa, e a sua neta tem piedade demais para querer a prisão do homem que acertou uma lapada bem no meio de sua testa. Começo a pensar que, além de Santa Bárbara, dona Esmeralda e Marcela também vão morar no altarzinho – fez graça Adelaide, dando aceno e recolhendo a tropa na despedida.

O castigo mais severo que eu via para aqueles homens que tinham atacado a casa da minha avó e minha integridade física era viver na escuridão do medo. Ninguém pode viver feliz trancafiado nesse labirinto.

Da porta, Azevedo fez seu pedido:

— Dona Esmeralda — disse —, a senhora me perdoe. Tenho que aprender mais com a senhora sobre as folhas e as almas. Não me leve a mal, eu fui criado temente a Deus e me apavoro com essas coisas de assombramento.

— Volte aqui, Azevedo, vou lhe fazer um preparo com sete ervas para espantar essa fraqueza. Inclusive, vou botar urtiga, que é pra ver se consigo te convencer a se coçar mais e a tremelicar menos. — E saiu rindo pros fundos da casinha, a sabida.

— Liga não, Azevedo, minha avó tem mais de oitenta, mas é sapeca feito menina de oito.

Adelaide acelerou o jipe, buzinou e no estardalhaço fez a vizinhança saber que não estávamos a sós, nem desprotegidas.

PEDRINHA MIUDINHA DE ARUANDA

PEDRINHA MIUDINHA,
PEDRINHA DE ARUANDA, Ê,
LAJEDO TÃO GRANDE,
TÃO GRANDE DE ARUANDA, Ê.

CANTIGA POPULAR DE AUTORIA DESCONHECIDA.

CAPÍTULO 11

O dia amanheceu sem nenhuma nuvem. Tomamos café com broa de milho, peguei meu caderno e meus lápis e saímos para uma expedição no riacho, dois quilômetros de caminhada pelo bosque que cercava os fundos do terreiro, para além da capoeira da casa da avó.

No caminho, dona Esmeralda parou umas duas, três vezes para descansar. Devia andar indisposta, com tantas emoções nos últimos dias tirando a sua paz. Devia ser essa a causa das tonteiras, das pernas bambas, dos suores repentinos. A teimosia da danada não me deixava saber algo mais. Só dizia "bora" e íamos as duas pela picada, pisando as pedrinhas reluzentes de limo acumulado nos dias de chuva do mês de março.

No dia seguinte, eu iria ao encontro de minha tia Aurora. Tinha permissão do juiz para viajar de ônibus sozinha. A tia me apanhou na rodoviária. No caminho para casa, discutimos meus estudos, combinamos de visitar o apartamento dos meus pais, minha casa fechada. Tudo era dolorido, mas necessário.

Naqueles dias, eu e a tia doamos roupas, os pertences. Separamos a caixa de fotografias para guardar. Era fácil, tão pequena. Junto, os documentos. Não quis ficar com nada, despachei móveis, panelas, o exemplar da Bíblia que ficava aberto sobre a mesinha lateral, na cabeceira da cama de minha mãe. Eu já tinha decidido que ia vender o apartamento assim que pudesse, guardaria o dinheiro para vir passar mais uns anos amor-agarradinho na avó.

Meu sonho era estudar as letras e me tornar escritora daquelas famosas, que tem livros que viram filmes e podem contar histórias para o mundo inteiro. "Estrelando Zezé Motta como dona Esmeralda", eu já podia até ver o cartaz. Ia contar a história do caderninho, tudo aquilo que vinha aprendendo na escuta das vivências daquela senhora.

Faltava um último ano do Ensino Médio. Pedi para minha tia, com coragem de ouvir um não como resposta, mas confiante que ela me compreenderia:

— Quero ficar na avó esse último ano. Você se importa?

— Marcela, não tem pessoa melhor no mundo para ficar com sua avó. E ela para você, estou certa de que será tutora experiente.

— Agora é voltar para a roça, contar a novidade para a dona sabidinha. — E rimos, eu e a tia.

Retornei ao caminho do riacho. As pedras redondinhas formavam um tapete perfeito para nossa chegada às águas. Nas margens, copos-de-leite dançavam com o vento leve que soprava.

— Oxum aye yê!

Minha avó abriu os braços como quem recolhe em si a paisagem e cantou uma de suas músicas.

— "Eu vi Mamãe Oxum sentada rezando na cachoeira, ela rezava pra Ogum jurar bandeira."

Observei aquele instante de fé com profundo carinho. Por alguns segundos cobicei aquele sentimento que movia minha avó. Eu acreditava apenas no que os meus olhos podiam ver, e isso era um fardo pesado para alguém que já colecionava um álbum de família repleto de vazios. Eu nunca mais poderia ver a minha mãe ou mesmo o meu pai, por quem eu não nutria tanta afeição e ainda assim queria junto de mim. Se ao menos eu acreditasse na existência de outro mundo, de um paraíso de anjos, de um reino dos céus, quem sabe assim a paz voltasse para dentro do meu coração. Quem sabe em outro mundo eu poderia rever meus pais, saber que eles se refizeram em afeto, que foram capazes de cultivar amor entre si e por mim, e eu por eles.

— Pedrinha miudinha de Aruanda, ê, lajedo tão grande... — cantarolava, pisando as redondinhas que murmuravam as águas do Riacho Doce com seus pés magros e bem-feitos apontando um caminho.

Fez eu cantar junto com ela; eu, mesmo sem saber o que significava, repetia. Aruanda era um lugar que eu desconhecia, mas sabia dela, a senhorinha da pisada que eu seguia para não escorregar.

Intuía que minha avó pudesse me ensinar qualquer tipo de mistério. Ela olhava para o céu para prever a próxima chuva, colhia dos canteiros nossos alimentos diários, dando para as panelas o peso exato do que precisávamos. Dona Esmeralda conhecia o canto dos pássaros e até as cidades de formigas, que faziam longas as nossas conversas.

Fui me acostumando a deixar de existir no rumo que a vida me levava antes que eu conhecesse a fundo a sua presença. Assim como me habituei ao algodão branco que eu passara a vestir, meus pés se acostumavam a pisar no chão e a sentir a vida pulsando no útero da terra.

— Você e eu, pedrinha miudinha, menina Marcela.

— Sei que somos, vó, pequenos demais para qualquer importância.

— Ao contrário, bobinha, experimenta tirar uma só pedrinha do lajedo. Cada qual é uma falta de apoio para os pés, embora o caminho perdure nas ausências.

— A senhora quer me dizer que eu tenho alguma relevância nesse mundão?

– Relevância e falta de precisão ao mesmo tempo. Não é que o mundo necessite de nossa humilde presença, menina. A natureza cobre tudo num piscar de olhos, e até os ossos amolecem com o passar dos anos na cova escura. Mas não é que depois essa matéria de carne e osso eleita ao pó cicatriza as feridas da terra e dá de comer às raízes? Voltamos a ser de outra forma. Nada se perde da vida, bonitinha. Até cocô de galinha dá de virar hortaliça e faz engordar barriga de criança.

Tinha jeito, não. A senhora era uma enciclopédia completinha. Nos seus diminutivos, eu crescia. Bastava um clique para que ela respondesse a qualquer questão. E, se ela não tivesse uma resposta, ao menos outras seguidas perguntas entregava. No meio disso, contava uma história, cantava uma quadra, um poema.

– Fico pensando aqui, minha avó, e esses sujeitos que vieram tumultuar sua vida e a minha, será que a terra cospe pra longe quem não faz o bem? Eu duvido que esses pestes sirvam para alguma coisa, devem ser menos que titica de galo, cocô de galinha.

– A sabidinha sabe ter graça – cochichou comigo como se as árvores pudessem nos ouvir.

Na barra da minha saia, um monte de espinho grudou. Comecei a querer tirar rapidamente enquanto falávamos as duas, sentadas na beirinha do riacho, as libélulas rodopiando sobre nossas cabeças no lava-lava que ensaiavam vez por outra na superfície das águas.

– Carrapicho, agulha, picão, ou você pode chamar de macela-do-campo. Vê, minha filha, como a gente conhece pouco da natureza das coisas? Você aí, arrancando no desespero esses pontinhos da saia faz deles praga, enquanto tanta gente colhendo disso para fazer chá torna em remédio o que parece ruim. Decerto os sujeitinhos que te atacaram têm família e amigos, alguém reza por eles, outros esperam que eles retornem para casa sãos e salvos. Ninguém é todo beleza nem todo maldade. Eles não são diferentes de nós duas, mais nada. O tempo trata de apodrecer as certezas.

– Mas nós não queremos o mal de ninguém, enquanto eles são uns completos imbecis, atiram pedras em quem pensa diferente e se sentem donos do mundo.

– Palavra é afiada e corta, Marcela. Se não consegue deixar esse verbo madurar, apodrecer e ser sugado por dentro de você até dar de comer às minhocas do pensamento, cuidado ao menos quando colocar para fora seus xingamentos. Perigo é você acreditar que pode dizer o mal sem se tornar parte dele. O que será que pode nos afastar do mal que a gente sente na pele, minha neta? Na vida aprendi que o rancor é mais pesado que o ferro.

Ela tinha razão, eu não compreendia com afinco, mas sabia que ela tinha razão.

– Pedrinha miudinha...

– ... de Aruanda, ê – completei, e regressamos para casa, embalando um verso atrás do outro.

Quase na beira do terreiro, passando o bosque, já avistava a porta de casa quando dona Esmeralda caiu como um tronco e eu só tive tempo de livrar a cabeça dela da pedra grande. As folhas de avenca serviram de travesseiro enquanto eu cantava alto socorro, pra que alguém amparasse minha avó. Amor-agarradinho fez uma coroa de flores com seus cabelos brancos.

Tive que deixar minha avó por alguns minutos estendida na terra e correr atrás de dona Yolande, seu Janu, Janaína, Adelaide, fosse quem fosse. Meu coração tinha parado, disso eu estava certa. Se algo acontecesse com meu lajedo, eu morreria antes.

– Oxum, Iemanjá, Mãe Grande, Santa Bárbara, Clara, Francisco, Xangô e São José, venham de onde vierem, acudam minha avó!

SÃO DOZE APÓSTOLOS, DOZE MESES DO ANO

SERRA DE TRÊS PONTAS,

ILHA DE ESMERALDA,

AJUDA A CHEGAR, MEU DEUS,

EM MINHA MORADA.

CAPÍTULO 12

lguém me ajude, por favor, minha avó passou mal e está desmaiada na capoeira. Eu não consigo sozinha.

O homem me olhou desconfiado, titubeou para me seguir. Vi seus olhos procurando mais alguém antes de enfrentar os degraus da escada cercada de arrudas.

— Pelo amor de Deus, senhor, minha avó tem mais de 80 anos e ela é tudo pra mim neste mundo.

— Moça, eu vou ajudar.

Não tive tempo de muita coisa, nem de olhar em seus olhos nem de perguntar seu nome. Me aproximei da dona sabida, implorando que estivesse respirando, era só o que eu pensava, e não foi pouco o meu desespero ao ver que as pontas de seus dedos arroxearam e os lábios entreabertos também tinham a cor da morte.

— Minha avó, minha rainha, meu pedaço de chão, volta pra mim, respira em mim seu ar. Sou sua pedrinha, vó, meu lajedo, minha avó — sem ordem as palavras me saíam.

Pedro bem que tentou me amparar, mas não havia jeito de eu parar de berrar com toda a minha força. Soube depois que esse era o nome do homem que me acudia. Na coincidência de Esmeralda, nada era por acaso. Pedro ficou firme, montanha de pedra ao meu lado.

– Devolvam minha avó, santos, santas, quem foi que a levou? Devolvam. Minha vidinha, meu Deus que dizem ser bom! Eu prometo acreditar, eu prometo...

As mãos calosas do homem fizeram o sinal da cruz. Eu me proibi tal risco. Não entregaria minha Esmeralda.

Em seguida, notando os esforços dela para permanecer imóvel, pedi desculpas pelo desespero. Eu me debrucei sobre as pernas de dona Esmeralda e molhei o algodão branco de sua saia com uma chuva de lágrimas que relampejava pavorosa de dor.

Yolande veio correndo, gritando *non*, Juliana se comoveu, espalhando o nome de sua dindinha pelo caminho, Janaína apareceu entre as tintas que os meus olhos desmanchavam. Elas tentavam me abraçar, puxavam meu corpo o mais forte que podiam.

Soltei meu grito mais alto. Segurei o corpo de minha avó, desfalecido, encostei meu ouvido em seu coração e ouvi:

– Marcela, flor de cura.

– Ela respira, fraca, mas respira. Corram, chamem a ambulância.

Com as mãos miúdas sobre o seu rosto, Esmeralda recebia o benzimento de Juliana. A menina fazia de minha avó sua menina, sua boneca, sua paciente. Primeiro, aconchegou, cheirou seus cabelos, depois, repetiu as palavras soltas de imaginação:

– Do céu, doizinhos, vocês sabem curar vovó? Ela vem me dar cocada, para mim e para vocês dois.

Estaria tudo acabado? Eu não tinha força de fé? Aquilo era pó, miragem, penúria de luto marcada por um caminho onde as faltas eram mais frequentes do que as pedras sob os meus pés.

Passaram-se três dias. Minha tia veio logo no primeiro, trazendo meus primos.

– Fico aqui até minha mãe melhorar. Ela vai melhorar, Marcela.

Não conseguia pensar na possibilidade de ver as raízes de minha avó desaparecerem, sugadas pela terra, virando parte do chão. Oscilei entre os corredores do hospital. Não queria comer, não queria pregar os olhos. E se eu dormisse e ela partisse? Fiquei na redinha, balançando, conversando com os santos da salinha. Ameacei o menino com cabeça de elefante, desatei a chorar depois de atirar São Benedito com um bebê no colo em direção à parede.

Tia Aurora não se zangou, fez chá de macela, camomila, erva-doce, cidreira, maracujá. Rezou, e eu amaldiçoei sua reza. Adelaide veio, mais Aparecida, Azevedo até. Padre Antônio veio e trouxe o ministro que tinha desrespeitado minha avó. Os dois lamentaram o dia e as mãos que arrebentaram o coração da gente na quebradeira do barracão.

— A menina saiba, eu não tenho nada a ver com o assunto — assegurou o ministro.

— Sempre é tempo de pedir perdão, não é, minha filha? — pediu compreensão Padre Antônio, que até então eu não tinha tido a oportunidade de conhecer.

Meu corpo pesava. Não respondia. Na salinha dos santos, o tempo passava lentamente, sem notícias de minha avó.

O caderninho estava caído no chão e permanecia aberto na última página: carrapicho. Minha saia branca ainda estava tomada daquilo, desde o dia da queda de Esmeralda no jardim, depois de beirarmos mato, voltando do riacho.

Marcela, menina mato ruim, bicho sem alma, palavra sem piedade. Tive medo de minha avó passar por ali naquele instante e ver tudo partido, os cacos espalhados pela mesa do altar se misturando aos meus cacos de desesperança.

O aniversário dela seria em abril. *Aprilis*, esse nome era uma homenagem à deusa do amor, Vênus para os romanos, Afrodite nomeada pelos gregos, Iemanjá, a Mãe Grande adorada por minha avó.

— Vocês me ajudam a arrumar a casa?

Enchi as moringas, como era seu gosto. Abri as janelas. Entraram com a ventania os dentes-de-leão. O sol amornava às 18 horas. O sino da igrejinha de São José sempre dava as horas.

Os calendários, com seus meses e dias da semana, anunciavam o mistério da crença com deuses antigos. Fossem os meses do ano um calendário cristão, teríamos os meses Simão, Pedro, André, Tiago, Judas. Mais justo seria um calendário com meses de Esmeralda, Janaína, Juliana. Eu concordaria que janeiro fosse Januário. Minhas divindades eram pessoas comuns, elas me faziam acreditar na vida.

Eu era búfalo no horóscopo chinês, sabia disso e cheguei a comentar com a sabidinha, que me contou outra história de Oyá, Iansã, Santa Bárbara. Tantos nomes moravam nas histórias de Esmeralda. Sua boca adocicava, falava do mistério como quem, permitida a contar segredos, louvava todos os deuses e todas as deusas. Sua fé era uma colcha de retalhos, emendas perfeitas, pedaços de todos os povos que ela honrava e respeitava. Colecionava com os pés minúsculas pedrinhas arranjadas em estrada pela humanidade, isso era o que sua história desenhava.

Na vila podiam comentar que a neta da benzedeira tinha endoidado, eu pensava. Podia sentir a futrica. Minha cabeça me assombrava. Não era espírito, nem o coisa ruim, era um sentimento que me queimava o coração e fazia a língua ter valentia de dizer terríveis malefícios. Eu oscilava entre a esperança e o desespero. Lembrei da avó ensinando a madurar palavra antes de botar no mundo. Aquietei. Silêncio boca de elefante, orelhas grandes. Quando não se tem nada bom para falar, melhor escutar, ela diria.

Arrastada pela tia, fui até a praça da igreja e do hospital. Por lá, fariam um entardecer de cantigas e rezas, pedindo pela saúde de minha avó. Mostrei a porta esverdeada para minha tia, bem na esquina.

— Era aqui o armazém de seu Veloso, tia Aurora.

– Era sim, pelo jeito sua avó lhe contou tudo.

– Falta me dizer muito, ela não pode me deixar agora. Ela precisa me fazer acreditar que a vida é mais do que a morte.

Foi nesse engasgo que Pedro se aproximou trazendo pela mão o irmão, mais jovem do que ele.

– Menina, a gente quer ter contigo umas palavras.

Titubeando com as mãos no ar e mirando a calçada, o rapaz mais novo deixou sair baixo:

– Desculpa.

– Como?

– Fui eu quem atirou a pedra na sua cabeça.

– Por quê?

– Meus amigos me disseram que sua avó era macumbeira, fui atrás deles e acabei fazendo besteira.

– Pedro, você sabia disso quando eu pedi sua ajuda?

– Sabia não. Vim a ter esse conversê do ocorrido em casa e Mateus me contou. Fiz questão de trazer o moleque aqui para ele te pedir desculpas, menina, a gente não foi criado para essas coisas, não.

– Mateus. Nome bonito. Pena que não combina com seu dono!

– Como?

– Marcela, minha filha, vamos pra praça, depois a gente volta a ter essa conversa com Pedro e o irmão dele – pediu tia Aurora.

– É nome de apóstolo, tia. Nome de santo.

– Eu não acredito em santo, não. É até pecado – confrontou--me Mateus.

– Acredita em pedra na testa, né, Mateus? Covarde, você.

O olhar baixo denunciava a vergonha. Eu insisti:

– O que seu deus que mandou você atirar essa pedra na minha testa falaria, Mateus?

– Eu já pedi desculpas, agora você que sabe se aceita ou não.

Pedro deu um puxão no braço do desaforado. Eu estava

vendo que aquele pedido de desculpas não saía da boca com sinceridade.

Minha fama de endoidada tinha me rendido certa liberdade de misturar no meu altar todas as histórias do mundo, ainda que eu tivesse na voz a raiva que um dia, com coragem, eu haveria de dissolver em meus canteiros de macela.

— Faço questão de perguntar de novo, Mateus. O que seu deus pensa sobre você acertar minha testa com uma pedra?

— Sei lá...

— É bom você pensar, antes que a sua testa vire alvo de alguém. Ou melhor, a sua testa vai ter que dar conta de conversar com a delegada. Vai ser dor de cabeça na certa, Mateus.

Mateus abaixou a cabeça. Pedro chamou de canto.

Fiquei ali, com tia Aurora, meus primos e os amigos que fiz. A cabeça doía muito mais do que no dia da pedrada.

Minha avó foi mulher que criou duas filhas sem marido, sem pai nem mãe, sem ter com quem contar na falta do pão e na hora que a doença espreitou dentro de sua casa. Ela foi mãe, avó, amiga, conselheira, parteira, benzedeira, costureira, cozinheira para adoçar tantas bocas. Foi minha professora para desmanchar o que eu tinha aprendido de ruim e me ensinou a botar outras coisas no lugar. O caderninho se tornara minha cartilha, cheio de lições da avó Esmeralda, minha poeta, filósofa e guia.

— Marcela, minha sobrinha, vamos cantar para minha mãe, ela gostaria muito de te ver nesse meio.

— Não sei se consigo, tia. — Seus olhos marejaram vendo os meus. — Peço desculpas, tia Aurora, sei que mãe é maior do que avó.

— Não diga isso, querida, eu sei que você acolheu com grande amor sua avó, e para nós ela é a grande mãe. Mas não desista. Cante para que ela te escute. Confie, entregue sua voz no desejo do seu coração.

– Venha, Marcela, dê a mão para a ciranda – foi o que disse Janaína, já segurando minha mão e me levando para a roda.

Busquei pelos olhos de Juliana, sua meninice, a alegria da criança que rouba docinhos dos gêmeos santinhos.

Adelaide tinha flores nas mãos, rosas, lírios, margaridas. Todas as cores.

– Dona Esmeralda sempre me ofereceu dessas flores coloridas. Sempre me lembro dela quando vejo botão de flor florescer.

Seu Januário carregava nas mãos uma pequena pedra. Era um amuleto e um sinal de reverência àquela senhora que tinha lhe dado amizade leal durante toda sua vida.

– Minha Esmeraldinha vai *retourner*, Marcela – dizia Yolande, misturando o francês ao português, as lágrimas saltando pelos cantos dos olhos.

Dona Cotinha veio me cumprimentar. Ela era pastora evangélica, amiga de longa data de minha avó. Apresentou outras pessoas de sua igreja, inclusive referindo-se ao ocorrido com Mateus, com ar severo, garantindo que todos repudiavam qualquer tipo de vandalismo e manifestação de intolerância religiosa, e que o assunto seria tratado entre as lideranças.

– Na nossa cidade, Marcela, motivo de orgulho para todos nós é sua avó, o exemplo de vida que ela nos dá, e as palavras dela sempre foram de compaixão, cooperação, generosidade. Quem crê no amor não pode pensar, muito menos agir, diferente disso. Fique tranquila que os radicais estão longe de fazer coro como maioria.

Aquilo me sossegou, ao menos um pouco. Senti o gosto da justiça. Aquele povo tinha dignidade, sabia valorizar a própria história na figura de pessoas mais velhas como a minha avó, gente que deu tanto de si e que nunca poderia ser desonrada ou esquecida. Imediatamente pensei nos meus pais, acho que rezei por eles e agradeci por estar ali, por ser filha, por ser neta, por poder aprender a ser eu mesma. Aquela paz teimosa que aparecia no meu coração era magia ou benzimento de minha avó, eu tinha certeza de que era.

Todos nós demos as mãos no exato instante em que o sino bateu seis da tarde. Ave-maria. Das nuvens que se tingiram de um azul intenso, vimos surgir a lua cheia prateada.

A vigília da noite foi de cantoria, orações de todos os tipos e credos atravessaram a madrugada.

Nem sonhava com tanta gente vindo à praça da igreja de São José para saudar dona Esmeralda, pedir por sua saúde naquele momento difícil. Senti a fé na vida crescer, minúsculo grão de mostarda. Eu resgatava a fé com aquele povo. A minha fé precisaria do calor do sol, das amizades que encontrei ali, das muitas memórias que eu colecionava no caderninho para dizer em todas as histórias que eu contaria nos livros que eu escreveria. Minha avó sentiria muito orgulho de mim. Eu sabia que ela já sentia.

A imensa ciranda do povo cantava gratidão e girava. Cantava cura e girava.

A equipe médica do hospital estava à janela, acenavam com emoção. Lá fora, os médicos eram especialistas em solidariedade, operavam assim: amparando uns aos outros.

A vida de Esmeralda fazia milagres.

No alto da torrinha dizem que São José viu brotar lírios de seu bastão. Um trovão se ouviu naquela mesma hora, foi Xangô, o céu nem estava nublado quando o raio atravessou trazendo uma chuva fina que se transformou em pétalas e folhas, caindo das copas das árvores aos nossos pés. Salomão fez um banquete em seu palácio, convidou todos os deuses, todas as deusas. Iemanjá entrou no salão de braço dado com sua filha Oxum. Nossa Senhora estava junto com Sant'Ana, as duas levando o Menino Jesus para a festa. Os dois irmãos, Cosme e Damião, tinham os bolsos recheados de cocadinhas.

– Olha lá, Juliana, pode ver aquela nuvem em formato de coração?

Eu imaginava. As minhocas da roça de minha avó fertilizaram meu tutano. E não duvido que isso tudo tenha acontecido de verdade. "Não duvide mesmo, sabidinha", ela me diria, assim que pudesse. Eu sentia. A vida era poesia tamanha, um espetáculo de maravilhamento que sabia juntar pedra, barro, flor, sangue e chá de macela. Toda a gente, seus saberes, suas histórias. Tudo girava naquela ciranda, momento mágico, feitiço de benzedeira, palavras de fé que brincavam com a lógica, desafiando os mistérios do universo na mistura das orações que ouvíamos junto com o cantar das crianças. A união da esperança com razão de ser naquela mulher amada e sabida, dona Esmeralda, letrada em gente.

As palavras desenhavam no ar pedrinhas miudinhas do lajedo grande. As palavras refletiam, como espelhos, os melhores sentimentos. Alcançaríamos as estrelas das manhãs, perseverantes na vigília, fortes e imbatíveis como meninos elefantes.

Dona Esmeralda sabia fazer história.

PENÉLOPE MARTINS

Sou escritora e aprendi a gostar de histórias desde pequenininha, ouvindo as palavras dos meus avós. Era bonito demais saber das andanças deles pela vida, seus medos e os apuros combatidos na força da coragem. Meus avós conheceram a necessidade da enxada, o plantio do básico para sobreviverem com seus filhos. Eles também me ensinaram receitas de chás de cura, simpatias de bem-querer. É dessa origem que eu fiz quem sou. Pisar no chão tem esse conhecimento, saber que tudo vem da terra e para a terra retorna. Parece pouco e sem sentido dizer que ninguém é maior do que ninguém neste mundo tão desigual, mas é certo afirmar que em muitos momentos a vida nos iguala, retirando a nossa vaidade, nossa ilusão com os pequenos poderes. Escrevi essa história para retomar o ato de fé de existir, uma resistência tanto cultural quanto natural. Nossa espécie é muito rica em imaginação, só gente consegue inventar histórias complexas, seres mágicos e objetos repletos de significados. Não importa qual é a religião, se a religação com esse mistério da vida respeitar todas as outras formas de vida e de viver. Foi isto que aprendi com os meus antigos: quem ama o divino faz parte desse amor e, sendo parte desse amor, não deverá servir para a força do ódio, da vingança, da intolerância, do desrespeito. Diz um mantra tibetano que o todo está em tudo – ou algo parecido, perdoem-me os mais experientes no assunto. Pois, se acreditarmos que o divino está em todas as criaturas, como será possível deixar de cuidar com respeito e amor de cada ser que existe neste planeta? Este livro é sobre isso. É olhar para o outro e reconhecer a vida digna com que sonhamos. Espero que sirva para vocês como uma pedrinha miúda desse lajedo que trilhamos.

BÁRBARA QUINTINO

Sou ilustradora e batuqueira e moro em uma cidade pequenininha do interior de Minas Gerais chamada São João del Rei. O universo das cores e das texturas me encanta desde bem pequena. Com meu padrasto, espalhávamos lápis de cor, papel e giz de cera pela casa inteira... Minha mãe que o diga! Me encontrei na ilustração por um caminho tortuoso: comecei estudando História e, depois, fui cursar Arquitetura e Urbanismo. Quando reparei bem direitinho, vi que o que me convocava para essas duas áreas, assim como Marcela, eram as histórias, os cenários e a tentativa de resgate de minha ancestralidade – mesmo que um pouco instintivamente no começo. Desde então, ilustrei revistas, livros infantis, juvenis e didáticos, animações e plataformas digitais espalhadas pelo mundo. Importante destacar que essa trajetória – ainda em construção – na ilustração, só foi possível porque tive oportunidades pelo investimento em escolas e políticas públicas. Para as ilustrações deste livro, mergulhei fundo na minha trajetória de vida e tentei acessar as muitas crenças que me circundam. Rascunhei algumas cenas num caderninho que apelidei de "caderno mágico" – talvez um pouco inspirada por Marcela. Afinal, é um pouco disso, né? Existe magia nas plantas, nas pessoas, no nosso cotidiano e nesta história narrada aqui.

Este livro foi composto no estúdio Entrelinha Design
com as tipografias Bembo e Lulo Clean
e impresso em papel Pólen
para a Editora do Brasil em 2023.